# UNE VIE POUR SE METTRE AU MONDE

Marie de Hennezel est psychologue clinicienne. En 1986, elle intègre la première équipe de soins palliatifs en France. Elle raconte cette expérience en 1995 dans *La Mort intime*, préfacée par François Mitterrand, qui connaîtra un immense succès. Devenue une spécialiste reconnue de la fin de vie, elle intervient dans de nombreuses conférences et des congrès internationaux sur la question, et anime aussi, depuis septembre 2008, des séminaires sur « l'art de bien vieillir ».

Bertrand Vergely est philosophe. Enseignant en classes préparatoires à Orléans, il œuvre à la vulgarisation de la philosophie à travers une série de livres pédagogiques. Par ailleurs, il explore deux thématiques : les expériences limites – la mort, le mal, la souffrance, le vieillir –, ainsi que le bonheur et l'émerveillement, deux sujets qu'il développe également dans ses livres et lors de séminaires.

*Marie de Hennezel dans Le Livre de Poche*
*(en collaboration avec Johanne de Montigny) :*

L'AMOUR ULTIME

MARIE DE HENNEZEL
et BERTRAND VERGELY

# Une vie pour se mettre au monde

CARNETS NORD

ISBN : 978-2-253-15795-3 – 1<sup>re</sup> publication LGF

*Avant-propos*

La vie est, au fond, un long et passionnant éveil, une mise au monde permanente de nous-mêmes. Parce qu'on remet sans cesse l'ouvrage sur le métier : on naît et on fait naître successivement l'enfant, l'adolescent, l'adulte, l'homme ou la femme mûrs, puis le sage en nous.

Ce livre est issu d'une expérience. Nous avons eu le privilège de co-animer un séminaire de trois jours, en Dordogne, sur le thème de « vieillir, mûrir, accomplir ». Il nous a semblé que nos contemporains manquaient de repères pour vivre leur vie au-delà de sa phase ascendante, active, performante. Celle qu'on appelle « la première moitié de la vie ». Beaucoup de personnes traversent une sorte de dépression au moment du passage à la retraite. Cette dépression est sans doute naturelle, car elle est le témoin d'une crise – la crise du mitan de la vie. Mais traverser cette crise ne va pas de soi dans un monde qui valorise exclusivement la jeunesse et l'individualisme. Comment accepter de vieillir lorsqu'on vous incite de toutes les manières possibles à rester jeune et performant ? Quel sens donner à ces longues années à venir, puisqu'on nous promet une longévité sans pareille dans l'histoire ? Si nous n'y prenons garde, nous pouvons laisser cette dépression s'installer, et finalement perdre le goût d'avancer et de vivre, dans un monde où vieillir est synonyme d'échec, d'exclusion et de déchéance. Certains d'entre nous décideront même peut-être d'écourter leur vie, pour ne pas avoir à subir les outrages du temps.

Les participants à notre séminaire avaient entre quarante et soixante-dix ans. Leur point commun était qu'ils n'avaient pas envie de subir passivement leur avancée en âge. Ils voulaient réfléchir à une autre manière de vivre, de rester désirants, après avoir réalisé les objectifs de la première partie de la vie. C'est pourquoi nous avons suivi ce cheminement naturel autour de trois questions : comment apprivoiser d'abord la vieillesse, nommer les peurs dont elle est l'objet, pour les dépasser et retrouver confiance dans les forces vitales qui nous portent ? Comment approfondir ensuite ce que l'on est, prendre de la densité en plongeant dans son intériorité ? Comment enfin accomplir sa vie, et transmettre aux générations qui suivent le goût de la vivre pleinement et d'en explorer le sens ? Questions auxquelles nous avons tenté de répondre,

mêlant l'expérience de la vie et la pensée philosophique.

L'image de la vie comme œuvre s'est ainsi
imposée à nous. Une vie pleinement vécue
jusqu'à son terme, travaillée, mûrie, ciselée par
les pertes et les lâcher prise, traversée du souffle
de la vie intérieure, est comparable à une œuvre
d'art. Dans l'élaboration de cette œuvre, tout
compte, la fin comme le commencement. Et
chaque étape nous invite à mûrir encore, à descendre dans les profondeurs de notre être, et à
devenir de plus en plus conscients.

L'accomplissement d'une vie se prépare très en
amont. Il y a des prises de conscience qui arrivent malheureusement trop tard. Le dialogue
avec les hommes et les femmes qui ont suivi notre
séminaire nous a confirmés dans cette convic-
tion : plus on réalise tôt que la vie même est une
œuvre, mieux on vit la mutation de l'âge. Et plus
on a de chances de vivre une expérience heureuse en vieillissant. Car l'idée même d'une œuvre
à accomplir maintient éternellement jeune.

# Vieillir

*L'essentiel pour une bougie n'est pas
l'endroit où elle est posée, c'est la lumière qu'elle irradie jusqu'au bout.*

**Marie de Hennezel**

Quand j'ai franchi la ligne symbolique de mes
60 ans, j'ai traversé une crise à laquelle je ne
m'attendais pas du tout. Cet été-là, je travaillais
sur la question du vieillir. C'était éprouvant de
rencontrer le vécu de toutes ces personnes qui
souffraient de solitude, d'exclusion. Ces personnes que l'on ne regardait plus : elles étaient
devenues transparentes ; certaines avaient été
emmenées de force dans une maison de retraite,
où elles périssaient d'ennui. Ces personnes qui
avaient honte d'être vieilles et qui se cachaient.
Mes lectures, je l'avoue, m'ont donné le cafard.
Elles montraient le côté noir de la vieillesse,
celui qui nous fait peur, que nous refusons de
toutes nos forces. Mon corps a symbolisé ce

refus par une capsulite rétractile. C'est une rétraction de la capsule de l'épaule qui entraîne une tendinite extrêmement douloureuse. Cela signifie des nuits sans sommeil pendant lesquelles je finissais par me dire : « Vraiment, vieillir, c'est épouvantable ! » Je me souviens très bien d'un week-end pendant lequel je lisais des articles sur tout ce que les seniors dans le monde entier inventent pour essayer de maîtriser leur mort à venir. « Vivons le mieux possible jusqu'au moment où les cloches de la vraie vieillesse sonneront. Puis dégageons car mieux vaut mourir que mal vieillir ! » Je lisais des documents sur la fameuse pilule euthanasiante que les Hollandais seraient, semble-t-il, prêts à fabriquer, sur l'expérience faite en Australie par un groupe de seniors qui fabriquent dans leur propre laboratoire leur pilule euthanasiante.

Voilà l'état d'esprit dans lequel j'étais. Je pense que j'ai traversé ce type de dépression dont beaucoup de seniors sont atteints. Elle passe parfois inaperçue, mais elle est réelle. On perd sa joie de vivre, on broie du noir, tout vous fatigue !

En fait, j'en suis sortie grâce à un événement que j'ai déjà raconté[1] et si je relate à nouveau cette histoire, c'est parce qu'elle m'a livré une clé fondamentale pour la suite.

---

1. *La chaleur du cœur empêche nos corps de rouiller*, Robert Laffont, 2008.

J'étais partie avec ma petite-fille en Camargue. Nous sommes allées faire une promenade à cheval dans le marais. Une matinée magnifique. Ma petite-fille caracole sur sa monture avec le guide, devant moi. Nos chevaux entrent au pas dans l'eau grise du marais. Des gerbes étincellent. Soudain, mon cheval s'immobilise. Nous sommes tombés lui et moi dans un trou et ses pattes sont enfoncées dans la boue jusqu'au ventre. J'appelle notre guide qui est surpris. Il ne savait pas qu'il y avait un trou à cet endroit dans le marais. Après avoir conduit Marie sur le rivage, il revient vers moi. Il comprend vite qu'il ne peut rien faire, il s'enfoncerait à son tour. Nous envisageons toutes les solutions. Le cheval, dit-il, s'en sortira toujours. Mais moi ? Je ne peux pas descendre, je ne peux pas nager, car il n'y a pas assez d'eau. Je pourrais tout juste m'allonger et me laisser tirer par une corde qu'il me lancerait depuis la rive. Je réfléchis, toujours assise sur mon cheval embourbé, qui reprend son souffle doucement. Et si je laissais faire mon cheval ? Oui, dit mon guide, tu peux essayer mais il faut que tu t'accroches fort à la selle, parce que, lorsqu'il va sortir de son trou, cela va être violent. Je décide d'essayer. Deux coups de talons vigoureux, et mon cheval a compris. Il tente un premier bond en avant, puis un deuxième, puis un troisième. Les bonds sont saccadés, mais je m'accroche et nous voilà enfin sur la rive, le cœur battant, couverts de boue, mais heureux d'en être sortis.

Le soir, en repensant à cet épisode étrange, je me suis demandé pourquoi pareille histoire m'était arrivée. J'ai compris que la vie venait de me donner une fameuse leçon.

Le cheval apparaît souvent dans les rêves comme un symbole de force et de vitalité. Lorsqu'il est blanc, c'est l'énergie de l'esprit qu'il symbolise. Les analystes jungiens y voient une figure de l'intentionnalité vitale, du « conatus » de Spinoza. Je croyais être enfoncée dans les eaux boueuses de ma peur de vieillir, incapable d'avancer, déjà vieille, et voilà que l'événement de ce matin me montre qu'en faisant confiance à mon dynamisme intérieur, en faisant confiance à la vie qui me porte, je peux sortir de la boue de ma dépression.

En effet, j'ai senti mon élan vital revenir, et j'ai su qu'il fallait tourner la page de ma jeunesse perdue et regarder devant moi.

## Ce que vieillir veut dire

Sentir que la vie nous porte à travers les âges est la force sur laquelle s'appuient tous ceux qui ont une expérience heureuse du vieillissement et que j'ai rencontrés par la suite. Le gériatre Olivier de Ladoucette dit la chose à sa façon. Des centaines de personnes en mal de vieillir viennent le voir. Elles sont atteintes de cette dépression masquée caractéristique des seniors des pays riches qui ont une vision désastreuse de la vieillesse. « Les gens ont l'impression que le grand âge, c'est un âge où finalement il n'y a plus rien : on décline, on s'embête, la vie ne vaut plus le coup d'être vécue. Ils ont un tableau très, très noir. Je leur dis : "Mais vous vous trompez ! Vous ne vous rendez pas compte que, en fait, votre psychisme va changer." » Lorsque, à 55 ans, on regarde une personne de 90 ans, on n'imagine pas que les années qui nous séparent de cet âge sont des années où nous allons nous transformer.

C'est une notion très importante sur laquelle nous allons revenir tout au long de ces pages : notre psychisme va évoluer, nous allons nous adapter et découvrir des choses nouvelles. C'est ce qu'on appelle mûrir. Mais avant que nous n'abordions les étapes de cette maturité, je voudrais montrer par quelques exemples qu'avoir une expérience heureuse du vieillissement n'est pas une utopie.

Regardons du côté de ces vieux qui nous donnent envie de vieillir comme eux.

Dans les séminaires que j'anime et dans lesquels nous réfléchissons au « bien vieillir », je demande aux participants de nous présenter ces vieux qui ne sont pas vieux. Quels que soient l'histoire de vie, le milieu social, la profession, on voit tout de même des constantes se dégager de tous ces portraits : les « jeunes » de 90 ans ne se plaignent jamais de leurs maux ou de leur situation. Ils prennent la vie du bon côté, et vivent au présent, même s'ils continuent d'avoir des projets. Ils sont tournés vers les autres, qu'ils observent avec bienveillance, sans jugement, faisant preuve d'une curiosité inouïe. Ils s'intéressent au monde, aux plus jeunes qu'ils écoutent, non pour leur faire la leçon ni tenter de leur faire part de leur expérience, mais pour les encourager dans ce qu'ils font. Ils restent créatifs, passionnés. Ils sont gais, joyeux, capables d'émerveillement. Ils ne s'ennuient pas, même et surtout lorsqu'ils ne font rien, car on a le sentiment que le seul fait d'être, de respirer, de contempler, de savourer le moment présent suffit à remplir leur existence. Bref, ce sont des personnes auxquelles on a envie de ressembler dans le grand âge. On se dit : comme j'aimerais être comme lui, comme elle ! On se dit surtout que vieillir sans être vieux, ce n'est pas une utopie.

Le témoignage de Sœur Emmanuelle que je suis allée interviewer lorsqu'elle était proche de ses 100 ans en est un bon exemple. À la fin de sa vie, elle était impotente, dans son fauteuil, reliée à une bonbonne d'oxygène. Elle était manifestement très vieille, elle en avait tous les signes et en même temps, elle possédait un rayonnement, une jeunesse intérieure, une vitalité extraordinaires. Elle m'a parlé évidemment de cette expérience : « C'est la plus belle période

de ma vie ! » Et quand je lui ai demandé quel
était le message qu'elle voulait transmettre à mes
lecteurs à travers son interview, elle m'a donné
cette réponse : « Dites-leur que la mission de la
personne âgée est d'aimer. Car voyez, moi dans
mon fauteuil, je ne peux plus rien faire mais je
peux toujours sourire. Je peux toujours écouter.
Je peux toujours diffuser ma présence aimante.
Je peux toujours avoir cet élan du cœur. » Oui,
le cœur ne vieillit pas !

On m'a dit : « Sœur Emmanuelle c'est quelqu'un d'exceptionnel ! Vous nous donnez là un
exemple auquel on ne peut pas s'identifier ! Et
puis, c'est quelqu'un de très croyant. » Est-ce
que cela veut dire que seule la foi religieuse peut
permettre d'arriver à un tel rayonnement et à
une telle sérénité ? Je suis donc allée voir une
personne presque aussi âgée qu'elle mais qui
n'avait pas de foi religieuse, quelqu'un de moins
célèbre qu'elle mais que certains d'entre nous
connaissent par son combat pour les droits
de l'homme. Il s'agit de Stéphane Hessel, un de
mes amis, ancien ambassadeur, un homme de
gauche, très impliqué dans des actions humani-
taires, auprès des sans-papiers. Réchappé d'un
camp d'extermination en Allemagne, lorsqu'il
était tout jeune homme, grâce à une évasion, il
a toujours gardé une immense gratitude envers
la vie. Un devoir de bonheur l'habite. Comme
il le raconte joliment, sa mère lui disait tous
les matins, lorsqu'il était enfant : « Faisons vœu

d'être heureux ! » Voilà donc un homme qui arrive à la fin de sa vie, empli de gratitude et de bonheur. Et cela se voit. Dès qu'il entre dans une pièce, quelque chose change tellement il est lumineux. Quelque chose irradie de lui, à travers son regard, à travers son sourire, à travers sa présence. Un de ses charmes est de réciter des poèmes qu'il continue à apprendre. Autant dire que sa mémoire n'a pas vieilli d'un pouce. Il nous livre là une des clés pour conserver une bonne mémoire : apprendre chaque semaine un poème que l'on aime. Outre la mémoire qui se maintient ainsi, le fait de se réciter des poèmes qui font du bien à l'âme est aussi une façon d'entretenir son rayonnement intérieur.

Stéphane Hessel n'a pas peur de la mort. Au contraire, il la désire. Mais pas d'une façon désespérée et morbide, non : « Je désire mourir comme je désire vivre. » Vivre et mourir sont pour lui une seule et même chose. Et s'il n'est pas croyant au sens religieux du terme, il croit, comme Rilke qu'il cite souvent, à l'Invisible. La mission de l'être humain serait pour lui de « butiner l'or du visible pour en faire de l'invisible. Nous sommes les abeilles de la vie. Nous butinons l'or du visible, le miel du visible pour en faire de l'invisible. » Autrement dit, si nous vivons notre vie pleinement – butiner le visible –, si nous sommes pleinement vivants, nous construisons notre être invisible. Quelque chose en nous ne meurt pas.

Nous savons donc qu'il n'est pas utopique d'envisager le vieillissement, non pas comme un naufrage, mais comme une avancée de lumière. Le philosophe Robert Misrahi dirait même comme une entreprise de renaissance.

Voilà donc un fameux défi à relever pour cette génération à laquelle on promet une longévité inédite et qui a peur de vieillir. Pour la première fois dans l'histoire, la génération d'après-guerre, les papy-boomers, se trouve devant la possibilité de vivre dix, vingt, trente et peut-être même quarante ans encore.

« Vieillir sans être vieux », telle est l'aventure qui nous est offerte. Accepter de vieillir tout en restant intérieurement jeunes. Les « seniors » que nous sommes ne se considèrent pas comme vieux. Nous avons devant nous un âge d'or, une bonne vingtaine d'années en forme, car nous vieillirons différemment de nos parents. Pourquoi ? Parce que nous n'avons pas connu les guerres, leurs privations. Nous avons été mieux alimentés. Nous avons fait du sport. Ma mère, par exemple, à 87 ans, ne sait pas nager, n'a pas fait de sport dans sa vie. Nous sommes aussi la génération de la psychanalyse, celle qui a découvert le travail sur soi, et qui a appris à se connaître. La génération de nos parents, sauf exception évidemment, ne s'intéressait absolument pas à cette intériorisation. Nous sommes donc une génération qui a appris à faire du ménage dans sa vie. Ce n'est pas du tout le cas des générations au-dessus, et l'on verra pourquoi c'est important.

Nous sommes enfin une génération qui donne de l'importance au fait de chercher le bien-être et le plaisir. Nos parents valorisaient le sacrifice de soi et la notion même de plaisir était entachée de culpabilité. Nous savons, nous, combien il est important de prendre soin de soi pour prendre soin de l'autre. Il faut commencer par être bien avec soi-même. Et le plaisir fait partie de ce bien. Nous n'avons pas du tout les mêmes cartes dans les mains que les générations qui nous ont précédés et c'est pourquoi nous vieillirons différemment.

Le défi qui nous est proposé est donc d'accepter le processus du vieillissement, d'accepter les pertes et les deuils qui lui sont associés, mais sans « être vieux », c'est-à-dire sans être tristes et désespérés, en restant ouverts à tout ce que la vie peut encore apporter.

Vieillir sans être vieux ne signifie pas qu'il faille s'accrocher à notre jeunesse, jouer au jeune homme ou à la jeune fille attardée, s'habiller comme nos enfants, se conduire comme des adolescents. On voit autour de nous quelques-uns de ces seniors qui refusent de vieillir et s'engouffrent dans leur « âge d'or » en rêvant de rester éternellement jeunes. Leur retraite leur ouvre un univers nouveau, du temps, des loisirs.

Ils voyagent, s'inscrivent dans des clubs de bridge, font de l'aquagym, partent faire des trekkings au Népal, s'ils en ont les moyens. Pourquoi pas ? Mais en vivant cette seconde adolescence sur un mode insouciant et égoïste, les seniors courent deux risques. D'abord, celui de se couper des générations plus jeunes qui ne voient pas toujours d'un très bon œil cette explosion de vitalité. Ils ont parfois des vies difficiles, ont du mal à trouver du travail. Ils savent qu'ils paient les retraites de leurs parents mais ne sont pas sûrs d'en avoir une plus tard. Je suis frappée par la jalousie parfois extrêmement cruelle des jeunes vis-à-vis des seniors. Je me souviens d'une conversation à une table de jeunes qui étaient outrés, agacés par une table de seniors qui étalaient leur bien-être.

L'autre risque, c'est de s'éclater et de vivre sans la conscience du temps qui passe. Le jour où l'on se casse le col du fémur, le jour où l'on fait une chute, quand arrivent les premiers signes de la vraie vieillesse, on est perdu. On se rend compte qu'on est devenu vieux, et on ne s'y est pas préparé. On bascule alors dans ce que j'appelle la mauvaise vieillesse, l'aigreur, le désespoir. C'est le naufrage, et c'est sans doute aussi trop tard pour transformer les choses. C'est pour cela que nous voyons des personnes qui dérivent. À l'échelle d'un grand nombre, cela peut être une véritable catastrophe.

Il nous incombe donc une responsabilité. Celle de nous préparer à bien vieillir, le plus légèrement, le plus intelligemment possible. Nous offrirons alors quelque chose aux générations qui viennent. Si nous ne pouvons pas alléger le poids financier que nous représenterons pour elles, nous pourrons au moins ne pas alourdir le fardeau par notre malaise psychologique. Car rien n'est plus lourd que de voir ses parents mal vieillir.

Robert Misrahi parle de don « d'une maturité heureuse » à une génération qui nous observe et qui apprendra, en nous regardant vivre, qu'il est possible de vieillir sans être un poison pour son entourage.

Nous avons donc le désir de faire de notre avancée en âge une aventure intéressante et enviable. Mais la route est semée d'obstacles. Ce sont toutes les peurs qui nous traversent dès que nous y pensons. Dans les groupes avec lesquels j'explore cet art de bien vieillir, nous commençons toujours par nous interroger sur nos peurs. Quelles sont-elles ? Nommer les peurs est important, mais il faut aussi chercher quelles sont les ressources et les forces qui nous permettent de les apprivoiser. Certaines sont moins importantes et tenaces que d'autres, comme la peur de perdre son statut social ou son activité en prenant sa retraite. On a peur de ce temps qu'il va falloir remplir, de cette oisiveté. On va perdre ses collègues, son rythme rassurant de travail, changer de rôle. On a peur de devenir inutile. Cela peut être un passage difficile que de plus en plus de gens préparent. Et passé le cap redouté, la plupart découvrent qu'ils sont plus actifs encore que lorsqu'ils travaillaient.

D'autres peurs peuvent être de véritables obstacles. J'en ai identifié sept. La première, la peur du vieillissement physique : le corps s'use, on craint de devenir laid et repoussant, de ne plus séduire, il faut affronter le regard des autres : « Comme tu as vieilli ! » Deuxième peur, celle d'être un poids, un poids pour la société, pour les autres, pour les jeunes. Troisième peur très répandue, la peur de la dépendance. Avoir un jour à confier son corps aux mains des autres pour les besoins les plus intimes, perdre son autonomie. Quatrième peur, la démence sénile, la maladie d'Alzheimer. Une peur justifiée puisqu'on nous prédit un véritable tsunami : cent soixante mille nouveaux cas par an. Aucun d'entre nous n'est à l'abri. Cinquième peur, celle d'être transféré dans une maison de retraite sans son accord ; la peur de vieillir dans une institution où l'on perdrait son identité, son intimité. Sixième peur, celle de la solitude ou plus exactement de l'isolement. Et enfin la dernière peur, mais non la moindre, la peur de mourir et de mal mourir car, au fond, vivre et vieillir c'est se rapprocher de sa mort.

Nous allons explorer ces peurs, pas seulement pour les nommer, ce qui déjà est important, mais pour tenter de trouver le chemin qui permet de les affronter et de les dépasser.

*La peur de ne plus séduire*

L'interdit de vieillir est si violent dans notre société que les femmes commencent à guetter les signes de vieillissement dès l'âge de 40 ans. Certaines amies de ma fille ont déjà eu recours à la chirurgie esthétique. Cette obsession de garder une peau lisse devient une véritable aliénation, entretenue par les médias. Tous les magazines féminins s'adressent aux femmes de 30 ans alors qu'ils sont lus en majorité par les quinquagénaires et les sexagénaires. Ces magazines martèlent l'interdit de vieillir. Les crèmes anti-âge (et non plus antirides !) occupent tout l'espace publicitaire et il n'est pas question d'ouvrir leurs pages à des articles de fond sur l'expérience de vieillir, de mûrir et de s'accomplir. Nous sommes là devant une gigantesque tromperie. On fait rêver les femmes en leur faisant croire qu'elles resteront éternellement jeunes et belles si elles dépensent des fortunes dans la cosmétique et les liftings de toutes sortes. D'un lifting à l'autre, leur visage perd toute expression, et finalement toute sa beauté ou son charme.

Lors d'un échange entre femmes vieillissantes, il est apparu que la peur de vieillir c'était
d'abord la peur de ne plus séduire, de ne plus
recevoir de compliments, de devenir transparente, de ne plus se sentir désirée. Une femme
de 60 ans, grande amoureuse du tango argentin,
a exprimé son désarroi lorsqu'elle a découvert
qu'elle était moins invitée à danser. Elle aime
la danse et se demande s'il va falloir qu'elle
renonce à cette passion. Une autre exprime la
peur de perdre la beauté de son visage et de ses
mains. Celle de se mettre à ressembler à sa mère,
de devenir en quelque sorte son clone. Retrouver en soi les travers d'une ancêtre.

Les femmes de ce groupe savent qu'elles ne
peuvent plus jouer aux jeunes femmes. Le film
*Mamma mia !*, dans lequel Meryl Streep et deux
autres actrices passent leur temps à essayer de
prouver qu'elles sont aussi jeunes que leurs
filles, leur a laissé un goût amer. Elles l'ont
trouvé pathétique ! Elles ont donc cherché
comment elles pouvaient dépasser ces peurs.
Elles sentent bien intuitivement qu'en acceptant l'inéluctable vieillissement de leur peau et
de leur corps, elles peuvent avoir accès à une
autre beauté, une autre jeunesse.

Le corps change, la peau se flétrit, mais il y a
des choses qui ne vieillissent pas. Si vous regardez une personne âgée, vous remarquerez que
son regard peut s'approfondir, être de plus en
plus lumineux, son sourire peut rester éclatant.

La jeunesse émotionnelle est une jeunesse qu'on ne perd pas et qui au contraire peut s'épanouir. C'est pour cela qu'il y a quelque chose d'assez dramatique chez les femmes de plus en plus jeunes qui se font lifter dès qu'elles voient apparaître leurs premières rides. Comment seront-elles à 60 ans, après plusieurs opérations ? Leur visage n'aura plus aucune expression. Elles seront incapables de sourire ! « Ne touchez pas à mes rides j'ai mis trop d'années à les obtenir », ai-je entendu une fois.

La beauté des personnes âgées réside en effet dans l'expression de leur visage, qui parle aussi de tout ce qu'elles ont traversé. C'est ce qu'on appelle le charme, qui lui ne vieillit pas. Comment opérer cette mutation que le psychanalyste Gérard Le Gouès nomme « le stade des rides » ?

Avec une de mes amies, nous disions que nous pourrions inventer un « lifting intérieur » ! Passer nos mains avec douceur sur les traits de notre visage, tout en remplissant notre cœur de joie. Nous avions observé qu'en faisant cela, notre visage changeait.

On connaît maintenant cette célèbre publicité de la marque Dove qui a fait appel à une mannequin de 96 ans. On voit son visage ridé comme une pomme reinette éclairé par un sourire éclatant, et la question posée : « ridée ou radieuse ? » Le stade des rides, c'est celui où une femme cesse de se regarder et de se juger, en travaillant à l'ouverture du cœur pour avoir quelque chose à faire rayonner, pour être séduisante de cœur.

Ainsi, en avançant en âge, cette peur disparaît. Et nombreuses sont celles qui osent dire qu'être libérée du souci de plaire et de séduire les soulage. Quelle liberté, finalement, de pouvoir simplement *être*. Être qui on est, ne plus rien avoir à se prouver.

Mais il faut tout un chemin pour en arriver là. Pour arriver à cette liberté. Notre société jeuniste qui a tout misé sur l'apparence fait tout pour nous aliéner. Regardez comme on inonde le marché des seniors de produits « anti-âge ». Comment ne pas être tenté de profiter des progrès de la cosmétique, et en même temps ne pas en devenir esclave ? Où trouver le juste milieu ? Nourrir sa peau, lui donner le soin et l'attention dont elle a besoin, oui, mais cesser d'interroger le miroir. Rien n'est plus déprimant que de comparer le visage d'aujourd'hui à celui que l'on avait un, deux, cinq, dix ans avant.

C'est donc à une véritable révolution narcissique que nous sommes conviés. Arrêtons de nous regarder dans le miroir et regardons autour de nous. Émerveillons-nous de ce que nous voyons, dans le monde, dans la nature, dans la jeunesse et la beauté des jeunes qui nous entourent.

Et on sent très bien la différence entre des personnes âgées qui sont narcissiquement centrées sur elles, et toujours dans une plainte de ce qu'elles ont perdu, dans cette nostalgie du passé, ces personnes insupportables qui ne parlent que d'elles, de leurs bobos, de leurs douleurs, et celles qui au contraire sont tournées vers les autres, font preuve de curiosité et d'émerveillement, savent exprimer leur gratitude. Quelle différence !

J'aime beaucoup cette interprétation du mythe de Narcisse donnée par Lou Andréas Salomé. Alors que Freud fait une lecture restrictive – Narcisse tombe amoureux de son image dans le miroir du lac –, Lou nous dit qu'il est fasciné par le reflet de son visage au milieu de la nature. Il se voit comme faisant partie du Tout. Et elle appelle cela le « narcissisme cosmique ». C'est au fond ce qui nous est demandé en vieillissant. Cesser de se regarder, mais se percevoir comme faisant partie d'un tout ! C'est alors que l'on peut accepter ses rides et ses plis, accepter de s'enlaidir ou de se déformer, car ce qui compte c'est d'être bien dans sa peau. La révolution narcissique, c'est passer du corps que l'on *a* au corps que l'on *est*. De la corporéité à la corporalité. On ne se regarde plus, on habite son corps. On ne se regarde plus, on perçoit tout ce qui est autour, et cela donne un sentiment de complétude et d'espace. On se dilate et cela donne de la joie.

La révolution narcissique, c'est cette mutation : on fait le deuil de l'apparence de son

corps, et on expérimente la joie d'
son corps.

Avez-vous observé le visage des vieux Tibé-
tains ? Il peut être très ridé, mais il exprime la
plénitude. Leur pratique de la méditation, de la
visualisation y est pour quelque chose. Ainsi
lorsqu'ils imaginent leur visage et leur corps
emplis de lumière, ce rayonnement se voit.

La faculté d'émerveillement est donc un des
grands signes de la jeunesse des personnes
âgées. On imagine mal, quand on est jeune, le
plaisir, le bonheur que cela représente par
exemple pour une personne âgée de rencontrer
le sourire d'un enfant ou le regard d'un tout-
petit qui semble venir de si loin.

Si ce n'est plus le « corps que l'on a » qui
importe, mais « le corps que l'on est », cela
implique un rapport différent à la sensualité et à
la sexualité. La sensualité s'approfondit en vieillissant, car les sens sont plus alertes, mais la
sexualité change. Elle est moins pulsionnelle et
plus affective. Mais le plaisir peut être infiniment plus profond. Le corps à corps se rapproche de la danse, et celle qui vient souvent à
l'esprit est le tango argentin. Une danse très
érotique mais qui n'implique pas le regard,
puisqu'on a les yeux fermés, front contre front.
On est dans la perception de l'autre, de son
rythme, on est à l'écoute de l'autre. Je me souviens de l'époque où j'avais appris à le danser.
J'étais fascinée, émue aux larmes, par un couple

âgé qui dansait dans une concentration émouvante. Ils étaient tellement ensemble, ils dégageaient un tel plaisir, qu'on ne voyait même plus qu'ils n'étaient plus jeunes.

Ce dont les personnes âgées souffrent c'est du regard de notre société sur le plaisir qu'elles peuvent éprouver dans leur corps, sur les émotions amoureuses qu'elles peuvent encore avoir, puisque le cœur ne vieillit pas. Dans un tel contexte, ce n'est pas toujours facile d'oser vivre ce que l'on a envie de vivre.

Je donne souvent l'exemple des maisons de retraite dans lesquelles les histoires d'amour sont assez fréquentes. Elles font souvent l'objet de quolibets. On traite parfois les vieillards de « vicieux », on leur fait honte, on les ridiculise. Cela montre à quel point la sexualité du grand âge est mal acceptée. Pas toujours par les soignants d'ailleurs, mais souvent par les enfants, les familles qui n'acceptent pas que « papa flirte avec madame Unetelle », et exigent des soignants qu'ils séparent les impétrants. Une directrice de maison de retraite m'a raconté un jour que des enfants avaient fait irruption dans son bureau en disant : « Je ne comprends pas, il faudrait faire venir le médecin traitant, ils se caressent la main. C'est terrible. »

Quand les personnes âgées arrivent dans ces maisons de retraite, on leur assigne un lit à une place, alors qu'elles ont souvent dormi toute une vie dans un grand lit. N'est-ce pas terrible d'être tout à coup traités comme des collégiens alors que l'on a traversé toute une vie ? Pourquoi leur interdire d'emblée la possibilité de recevoir dans leur lit qui elles auraient envie d'accueillir ? Puisque le cœur ne vieillit pas, de quel droit empêcherait-on les personnes âgées de tomber amoureuses et d'exprimer avec leur corps les sentiments qu'elles éprouvent ?

Il existe cependant des institutions dans lesquelles on inscrit dans le projet de soins un « droit à l'intimité et à la spiritualité ». C'est une directrice de maison de retraite qui m'a parlé de cette initiative qu'elle avait eue, et qui est tout à fait originale en France. Elle s'était rendu compte qu'une résidente était tombée amoureuse d'un homme de 80 ans, avec une pulsion sexuelle encore très affirmée. Un jour, les soignants ont décidé de changer ce monsieur d'étage. Son amoureuse était comme folle. Elle entrait dans toutes les chambres pour le retrouver. Et c'est seulement lorsqu'on l'a transférée au même étage que lui qu'elle a retrouvé le calme. La première chose qu'a faite cette directrice tout à fait moderne est de mettre des verrous dans chaque chambre, à hauteur d'un fauteuil roulant, pour que chaque occupant puisse fermer sa porte. Les soignants ont d'abord été horrifiés. Et puis, ils ont accepté. Pour la sécurité, ils ont une clé qui leur permet d'ouvrir au cas où personne ne répond plus derrière.

Le refus de la sexualité des personnes âgées, on le voit, ne vient pas tellement des soignants, mais davantage des enfants, qui ont toujours du mal à imaginer la sexualité de leurs parents. Combien d'hommes et de femmes divorcés se heurtent au refus de leurs enfants adultes.

Mais revenons à cette sexualité du troisième ou du quatrième âge. Une femme m'a apporté un jour le témoignage suivant : « J'ai constaté que tout en me détachant de la sexualité génitale, j'avais d'autres formes de sensibilité ou de sensualité qui prenaient des proportions beaucoup plus fortes. Un peu comme s'il y avait un déplacement de la libido. Le plaisir sensuel se déplaçait vers le plaisir de voir, d'admirer quelque chose, qui peut devenir pratiquement de l'extase. Le plaisir d'entendre : je ressens différemment la musique et je découvre des musiques auxquelles j'étais fermée, avec une intensité qui m'apporte un bonheur incroyable. Le goût ! Si j'ai toujours été assez gourmande, je trouve que ce sens s'est accru mais pas forcément dans des choses compliquées. Devant un légume, par exemple, je me dis : "Et si je le cuisais autrement cela donnerait quoi ?" Ma sensualité, vous le voyez, est non seulement intacte, mais elle augmente ! »

Voici ce qui caractérise le grand âge, cet accès à une perception beaucoup plus fine, à une sensualité beaucoup plus riche. Sur le plan tactile, c'est le passage d'une sexualité pulsionnelle qui est le propre de la jeunesse à une sexualité affective et tendre.

Les couples âgés qui osent en parler expriment une communion d'être, un contact de peau à peau très régénérant. Si vous lisez le *Tao de l'art d'aimer* de Jolan Chang, l'art d'aimer chinois, vous découvrirez qu'en Chine, la sexualité vécue comme une mise en contact des énergies yin et yang est une des clés de la longévité.

Je trouve extrêmement dommage qu'en Occident la sexualité des personnes âgées soit tellement taboue.

### La peur de peser et de dépendre

La deuxième peur que nous rencontrons, c'est la peur d'être un poids pour son entourage, pour ses enfants, pour la société, et par extension la peur de la dépendance.

C'est une réalité. Nous savons que le vieillissement de la population pèsera sur les épaules de nos enfants et de nos petits-enfants. Ce poids économique et financier est un réel souci pour les pouvoirs publics. Mais il l'est aussi pour les enfants de personnes dépendantes, atteintes de la maladie d'Alzheimer, par exemple. Certains n'en peuvent plus du poids financier que représente le placement d'un parent dans ces structures.

Mais notre responsabilité est aussi de ne pas trop peser psychologiquement sur nos enfants.

Notre peur de leur imposer ce poids vient en grande partie de la culpabilité que nous éprouvons, nous-mêmes, face à nos parents âgés. Combien de femmes et d'hommes de ma génération se sentent coupables d'avoir mis leurs parents dans une maison de retraite ou dans un établissement pour personnes dépendantes ! Ils ont le sentiment de les avoir un peu abandonnés. Ils ont le sentiment de ne pas en faire assez. Et cette culpabilité, ils ne veulent pas la transmettre à leurs enfants. Ils veulent la leur éviter. Une femme m'a confié qu'elle avait compris que la première chose était de se déculpabiliser elle-même vis-à-vis de ses parents, afin de ne pas transmettre cette culpabilité à ses enfants. Elle a décidé de parler à ses enfants de ce danger de la culpabilité, pour qu'ils ne tombent pas dans ses filets. Chacun doit faire ce qu'il peut. Et se laisser guider par le plaisir et non par le devoir.

Une autre femme, qui de même pense constamment à ce problème de culpabilité, prie le ciel de rester autonome le plus longtemps possible. Elle aussi a décidé d'en parler à ses enfants, de leur confier sa préoccupation. C'est un pas important que de parler de ce sujet très tabou. Et de faire confiance à ses enfants, parce que finalement ils sont peut-être capables de faire plus que ce qu'on imagine ! Pour le reste, elle a décidé de travailler à être plus indépendante, et de faire confiance à la vie, en espérant que la mort viendra la cueillir avant qu'elle ne devienne un poids.

Parmi mes amis, beaucoup m'ont dit qu'ils anticipaient l'avenir, en réservant déjà leur place dans un foyer-logement. Pour d'autres, c'est une décision impossible à prendre. Ils ne veulent pas pour autant aller vieillir chez leurs enfants, mais ne veulent pas vieillir en dehors de chez eux. Pour pouvoir rester seuls chez eux, ils ont compris l'importance d'aménager leur lieu de vie, pour rester le plus longtemps autonomes physiquement, et de cultiver leur jardin intérieur, pour conquérir cette autonomie psychologique qui permet de vivre seul. Le souci de s'alléger revient souvent dans les préoccupations des personnes qui entrent dans le quatrième âge. Mettre de l'ordre dans ses affaires, ranger ses papiers, faire le tri dans ses souvenirs, vider sa maison. C'est pénible pour eux de vider la maison encombrée de tas de choses !

Quant au scrupule de peser sur la société, j'avoue qu'il est rare chez les personnes vieillissantes. « J'ai suffisamment cotisé ! » entend-on.

Tenter de ne pas peser, c'est encore ne pas accepter « l'artillerie lourde » en cas de maladie. Refuser l'acharnement thérapeutique. On sait que c'est pendant les six derniers mois de sa vie, lorsqu'on est malade, ou en réanimation, que l'on coûte le plus cher à la société.

« J'habite à la campagne depuis dix ans et j'ai été frappée de voir que les vrais ruraux prennent leurs parents chez eux et que cela se passe très bien. Avec dignité. Et j'ai été un peu surprise de voir que les gens de la campagne acceptent les difficultés de la personne âgée, alors qu'en ville cela semble impossible. » Ce témoignage montre que cette question du poids que représentent les personnes âgées n'est pas perçue de la même manière selon que l'on vit en milieu urbain ou à la campagne. Le poids de la tradition – on s'occupe de ses parents âgés – y est sans doute plus fort. « Je trouve qu'il est normal de s'occuper des personnes âgées dans une famille. C'est vrai que ce sont des sacrifices, c'est moins d'argent pour nous, moins de loisirs mais cela fait partie de notre devoir de ne pas abandonner nos parents ! »

Ce cri du cœur appelle une réflexion sur le mot « sacrifice » qui étymologiquement signifie « faire sacré ». On finit par oublier qu'en permettant à ses enfants de porter leurs parents, on leur permet de vivre une expérience de l'ordre du sacré. Je me souviens d'une vidéo montrant Élisabeth Kubler-Ross – la célèbre psychiatre suisse qui a tant fait pour lever le tabou de la mort – au chevet d'une personne alitée complètement dépendante, articulant des paroles inaudibles. La fille de cette grande malade traduit à Élisabeth ce que dit sa mère : « Je veux mourir parce que je ne peux pas continuer à peser ainsi, dans la vie de ma fille. » Alors Élisabeth Kubler-Ross se penche et murmure à son oreille : « Rendez-vous compte, vous vous êtes occupée de votre fille toute une partie de son existence. Vous l'avez portée, vous l'avez élevée. Laissez-lui la possibilité de vous rendre ce que vous lui avez donné. Laissez-lui cette possibilité de prendre soin de vous, de vous porter, parce que c'est une expérience qui est extrêmement profonde et riche aussi. »

## *La peur de perdre la tête*

Elle est terriblement redoutée, cette maladie d'Alzheimer. Elle se développe de plus en plus et sa cause demeure inconnue. On parle de cent soixante mille nouveaux cas par an. C'est une maladie qui s'étale sur des années, sept, huit, neuf, dix ans. Elle se signale par des pertes de mémoire, puis évolue vers une désorientation et une incapacité à communiquer verbalement. On sait combien les proches souffrent de cet appauvrissement de la relation et du fait de ne plus être reconnus, à la fin. Cette alternance d'inconscience et d'égarement, cette agressivité soudaine chez des personnes qui l'ont toujours maîtrisée, cette violence chez des personnes qui ont toujours été douces et réservées… on imagine la souffrance et la solitude qui doivent tourmenter ceux qui souffrent de cette maladie.

Pourtant, à entendre ceux qui ont ainsi accompagné des parents atteints d'Alzheimer, un échange existe, une communication est possible, mais elle emprunte des voies tellement insolites. Combien de gens qui accompagnent leur mère dans un établissement pour des personnes atteintes d'Alzheimer vous disent : « Je peux enfin lui rendre ce qu'elle m'a donné. Je la cajole. » Les parents atteints d'Alzheimer deviennent les enfants de leurs enfants, les rôles sont inversés. Des personnes trouvent dans cette expérience quelque chose de très riche. La dépendance d'un parent peut être ainsi l'occasion d'exprimer, d'échanger une affectivité qui n'a pas pu s'épanouir avant.

Il faut accepter, comme je viens de le dire, de ne pas comprendre ce qui arrive à l'autre, ce mystérieux plongeon dans une maladie où l'on s'absente progressivement du monde. Il faut accepter d'inverser les rôles, de devenir le parent de son parent, sans pour autant l'infantiliser. Accepter de ne pas avoir de retour. On donne sans toujours savoir si ce que l'on dit ou ce que l'on donne est reçu. C'est si nouveau parfois, cet apprentissage de l'amour gratuit, que bien des personnes renoncent à maintenir un lien avec ce parent qui s'enfonce dans sa nuit.

Cela suppose aussi de ne pas se sentir trop coupable d'avoir placé son parent dans une institution spécialisée. Ce n'est pas simple.

On se doute que devant une maladie qui galope et dont on ne connaît pas les causes, on cherche à la prévenir, à trouver un semblant de sens. Les consultations proposant des examens prédictifs se multiplient. On passe des tests de mémoire. L'avantage est que si le résultat est négatif, on est soulagé. Sinon, le coup peut être rude, mais il y a des personnes qui préfèrent courir le risque d'un diagnostic positif qui leur permettrait au moins de prendre des dispositions, d'adopter un traitement qui retarde les effets de la maladie et enfin de se préparer au pire. Beaucoup des seniors que je rencontre dans les ateliers que j'anime font travailler leur cerveau, assistent à des conférences, apprennent des poèmes. Beaucoup ont décidé d'entamer une psychanalyse ou de demander l'aide d'un psychothérapeute pour libérer des émotions anciennes, travailler sur d'anciens traumatismes.

L'hypothèse selon laquelle la maladie d'Alzheimer pourrait avoir une origine psychologique fait son chemin. Lorsque le président de la République a annoncé qu'il avait mis des moyens sans précédent pour la recherche sur l'origine et le traitement de cette maladie, ainsi que pour la prise en charge des malades et de leur famille, j'ai publié une tribune dans *Le Figaro*. « J'espère que la recherche ne se limitera pas à la biogenèse et que l'on examinera tout ce qui est de l'ordre du psychologique et de l'environnemental », ai-je écrit, en posant justement la question du lien possible entre cet afflux, cette augmentation de la pathologie et une société qui dénie à ce point le vieillir et la mort.

Une des préventions possibles de la maladie d'Alzheimer pourrait être alors de méditer sur sa finitude. Parler avec son entourage, communiquer avec ses enfants, sur ce sujet tabou de la mort, sur ce que l'on souhaiterait pour soi-même si l'on entrait dans le processus de cette pathologie. Je crois que c'est très important. Car une fois que la personne est engagée dans ce processus, il est très difficile pour les proches d'aborder ces questions. On peut le comprendre : c'est en quelque sorte trop tard. On veut protéger l'autre, et en réalité on le condamne à une solitude sans pareille.

Personnellement j'en ai parlé avec mes enfants, car je ne suis pas à l'abri de cette maladie. Elle peut me tomber dessus un jour. Je leur ai demandé une chose : « Parlez-moi "vrai", ne m'infantilisez pas en croyant me protéger ! Adressez-vous à cette part de moi qui reste saine. Cette part souterraine. »

Il faut faire la différence entre infantiliser et prendre soin de quelqu'un qui redevient d'une certaine façon un enfant. Ce n'est pas tout à fait la même chose. Dans la régression qui accompagne la démence, l'enfant intérieur a besoin de vivre des choses qu'il n'a pas vécues. C'est une hypothèse que les personnes qui accompagnent leur proche malade sentent très bien. Ce besoin d'affection, ce besoin d'être protégé, ce besoin d'être pris dans les bras. On a le sentiment que la personne démente attend quelque chose qu'elle n'a jamais reçu. On répond alors à un besoin affectif très ancien qui n'a sans doute jamais été comblé. Infantiliser, c'est une tout autre affaire. Cela relève d'un manque de respect de la personne, de sa dignité, de son être.

D'autres hypothèses tournent autour de toute cette émotion, toute cette vie émotionnelle qui n'aurait pas pu s'exprimer, se vivre. C'est vrai que dans la démence, il y a comme un retour du refoulé. On comprend alors qu'une des pistes de la prévention soit la libération de la vie émotionnelle.

Dans ce travail autour du « bien vieillir » que nous abordons dans les groupes, je parle de cette tâche résolutive qui consiste à défaire l'écheveau de sa vie, à la relire. Il s'agit de s'alléger de sa culpabilité, du poids des émotions qui n'ont jamais pu se libérer. Des regrets, des rancunes, des culpabilités, nous en avons tous. Nous traînons derrière nous des valises qui deviennent de plus en plus lourdes. Les identifier, les laisser derrière soi, se pardonner ses échecs, cela suppose un vrai ménage à faire à l'intérieur de sa vie. Si on peut le faire, alors cela participe aussi à la prévention de la démence.

Faut-il nécessairement faire appel à un psychanalyste ou à un psychothérapeute ? Alors que
Freud estimait que les personnes de plus de
50 ans n'étaient plus aptes à entreprendre une
psychanalyse, on voit aujourd'hui que ce sont les
plus de 65 ans qui vont voir un psy. Et les psychanalystes pensent qu'il n'est pas trop tard du
tout pour faire un travail sur soi, au contraire,
certains estiment même que la vieillesse est l'âge
idéal pour ce voyage vers l'intériorité.

Participer à des groupes sur le bien vieillir
revient à une forme de thérapie de groupe, dans
la mesure où les personnes s'engagent dans des
échanges avec les autres, s'impliquent de façon
parfois très intime. Et puis cette mise en ordre
de sa vie, cette libération de ses émotions, peuvent aussi se faire à l'intérieur d'une pratique
spirituelle. Je pense en particulier à la puissance
du sacrement de réconciliation et à la valeur du
pardon dans la religion chrétienne.

Enfin, il ne faut pas négliger la puissance
cathartique du théâtre. Un de mes amis metteur
en scène fait un travail remarquable avec un ate-
lier pour les seniors. Il propose aux participants
d'incarner des personnages qui sont très éloignés
de leur personnalité. Par exemple, il propose à
une fonctionnaire très cadrée, très compétente et
très sérieuse dans sa vie, de jouer le rôle d'une
prostituée. Cela l'oblige à explorer son ombre,
c'est-à-dire cette part d'elle-même qu'elle a refou-
lée. Le théâtre permet d'une manière ludique

d'explorer des zones cachées de soi et d'exprimer une créativité à partir de là. C'est tout à fait extraordinaire comme les seniors qui se prêtent à ce jeu théâtral repartent libérés, plus légers, plus joyeux.

On peut sans doute dire la même chose du chant. D'ailleurs, dans certains établissements pour personnes atteintes d'Alzheimer, on l'utilise beaucoup, car on a découvert que les personnes qui ont perdu tous leurs souvenirs se souviennent mystérieusement des paroles des chants qu'elles chantaient enfants.

On se pose enfin la question de ce que vivent les personnes démentes. Souffrent-elles ? Se rendent-elles compte de leur état ? Comment le savoir ? Ceux qui les soignent et les accompagnent disent qu'elles perçoivent des éclairs de lucidité et de grande souffrance. Il me semble qu'il doit y avoir des grandes phases d'absence et aussi des moments de souffrance, sans doute, pas une souffrance continue. On sait que la maladie évolue sur des années et au début, du moins, les personnes sont lucides. Elles sont autonomes. C'est la mémoire immédiate qui est atteinte. On oublie ce que l'on vient de faire ou de dire. Ensuite, il existe une phase où la communication est atteinte, on ne peut plus lire, parler, écrire. Puis vient une phase de désorientation, on ne reconnaît plus sa chambre et on commence aussi à ne plus reconnaître son entourage. Enfin, on ne parle plus, on ne s'alimente plus.

Quand nous vieillissons, cette peur de devenir un jour dépendants peut être si forte que certains envisagent le suicide comme une issue
honorable. On sait que la France est un des pays
où le taux de suicide des personnes âgées est le
plus important au monde.

Il y a les réactions brutes de ceux qui disent :
« Si cela m'arrive, je m'inscris à Exit ou
Dignitas, et je pars en Suisse, puisqu'on ne peut
pas faire cela en France. » Et puis il y a ceux
qui prennent un peu de recul : ils réfléchissent
à la violence qu'un suicide représente pour les
autres, les proches, mais aussi ceux qui en sont
témoins ou y participent. Il leur semble, en tout
cas, que celui qui prend la décision de mettre un
terme à sa vie doit l'assumer seul, quand il en est
encore capable.

Dans les groupes qui se réunissent pour parler de leurs peurs devant la « mauvaise vieillesse », cette question du droit de mourir dans la
dignité est toujours très polémique.

### La peur de vieillir en maison de retraite

Pour continuer dans le registre des peurs qui
traversent notre génération, il nous faut parler
de l'horreur que l'idée même de terminer sa vie
dans une maison de retraite soulève chez les
papy-boomers. Déchirement d'avoir à quitter sa
maison, son chez-soi, pour un lieu anonyme,

froid, et se retrouver au milieu d'autres vieux, parfois plus détériorés encore que soi. Terreur de l'enfermement. La maison de retraite est assimilée au pire à une prison, car on y perd sa liberté, et on y risque la maltraitance. Au mieux à une pension, où les règles de vie sont imposées et où l'on court le risque d'être puni si on les enfreint. Désespoir d'être entré dans l'antichambre de la mort. Car les maisons de retraite sont perçues comme des lieux de non-vie où il reste à attendre la mort. La vie est à l'extérieur. On est sorti du monde des vivants. Voilà l'image que nous en avons.

Il faut cependant aller au-delà de l'image, pénétrer dans ces lieux et découvrir qu'une vie existe, et que des êtres humains y terminent parfois leur vie en sécurité. La sécurité, c'est quelque chose qui compte lorsque l'on est très vieux et dépendant !

Et puis, à l'intérieur de ce monde aux règles un peu carcérales, il y a parfois beaucoup d'humanité. J'ai été très impressionnée, il y a quelques années, par la lecture du témoignage d'une vieille femme, entrée dans une maison de retraite, et qui écrivait son journal tous les dimanches soir. On découvre une femme qui a accepté ce nouvel univers, et qui, telle Etty Hillsum dans son camp d'extermination, a décidé d'être une petite lumière dans les ténèbres. Elle ne manque pas une occasion de distribuer ses

sourires et de dispenser sa tendresse aux vieillards qui l'entourent. On se rend compte, en
lisant son journal, que tout dépend du regard
que l'on pose sur la vie. Vivre en maison de
retraite, cela peut être l'horreur, une vie concen-
trationnaire ; si on la subit, si on se ferme, on
peut avoir le sentiment d'être dans un lieu où
tout est mort, mais si on a le cœur ouvert,
comme elle, tout peut être occasion d'échange,
de tendresse, de vie. « L'essentiel pour une bougie n'est pas l'endroit où elle est posée, c'est la
lumière qu'elle irradie jusqu'au bout », écrit-
elle.

Face à cette peur du lieu où nous vieillirons,
je rencontre deux réactions. Il y a ceux qui,
comme la vieille femme que je viens de citer, se
disent que l'important est de développer son
intériorité, afin d'avoir suffisamment de ressources affectives et spirituelles en soi pour
s'adapter à n'importe quel lieu. Il y a ceux qui
pensent qu'il faut anticiper. Réfléchir suffisamment tôt aux structures dans lesquelles nous
aimerions vieillir. Et concrétiser ces projets.

Je reçois beaucoup de lettres de personnes
qui travaillent sur des projets innovants. Ce qui
confirme mon sentiment que la génération des
papy-boomers est une génération qui inventera
de nouvelles façons de vieillir et de nouvelles
structures. Un peu sur le modèle des bégui-
nages, en Belgique, au Moyen Âge : on imagine

des lieux de vie, avec des espaces individuels et d'autres espaces qui relèveraient de la vie collective. Mais on perçoit bien aussi, dans toutes les idées qui germent, la volonté de ne pas s'enfermer dans des sortes de ghettos à l'américaine. Comment inventer un lieu pour y vieillir ensemble et rester ouvert sur l'extérieur, afin de préserver le lien avec les jeunes ?

Voilà le défi que nous devons relever, inventer les structures qui correspondent à ce que nous souhaitons pour notre grand âge. On sent que le désir de vieillir en petite communauté l'emporte sur le désir de vieillir chez soi, tout simplement parce que l'isolement, le besoin de sécurité appellent le regroupement.

L'idée est déjà mise en œuvre dans les foyers-logements, mais la limite de ces structures est qu'elles ne sont pas conçues pour garder une personne dépendante. On imagine le traumatisme que l'on impose à une personne qui a créé des liens avec ses compagnons de vieillesse et qui se trouve transférée dans un établissement pour personnes âgées dépendantes, où elle ne connaît personne ! On réfléchit donc à des habitats groupés, des structures dans lesquelles on s'engagerait à garder jusqu'au bout ceux et celles qui y habitent. Même s'ils deviennent dépendants ou déments. Cela serait possible à condition de créer entre les compagnons de vieillesse un lien qui ne soit pas seulement occupationnel, jouer au bridge ou à la pétanque,

regarder la télévision ensemble. Se distraire
ensemble ne suffit pas pour créer un lien qui
engage. Le lien doit être spirituel, au sens large
du mot, et fondé sur un enseignement partagé, une pratique spirituelle partagée : méditer
ensemble, partager des moments de silence ou
de contemplation, chanter ensemble, réfléchir
ensemble au sens de sa vie, mettre en commun
son expérience de vie. Lorsqu'un tel lien, fondé
sur des partages profonds, est créé à l'intérieur
d'une communauté humaine, il est impossible
d'abandonner celui qui à la fin de sa vie devient
dépendant. La solidarité, le devoir de non-abandon s'imposent alors à ses compagnons. Va-t-on
abandonner un ami ? On garde avec soi celui
qui devient vulnérable. On s'en occupe, on
prend soin de lui, avec l'aide des professionnels
du soin que nous avons la chance d'avoir dans
notre pays. On l'accompagne dans ses derniers
instants.

Certaines personnes objecteront que l'on ne
peut pas imposer le partage d'une pratique
spirituelle. Cela appelle une double réflexion.
D'abord, il ne serait pas question d'imposer
quoi que ce soit, puisque ces projets d'habitats
groupés sont fondés sur la cooptation des mem-
bres et sur l'acceptation des règles que la
communauté s'est données. Ensuite parce que la
spiritualité est universelle. Autant l'adhésion à
une religion ne concerne pas tout le monde,
autant le questionnement spirituel sur le sens de

la vie, sur la vie intérieure, sur les pratiques qui amènent le calme en soi, est une chose que tout le monde peut partager, parce que tout être humain est spirituel par essence.

J'ai fondé il y a vingt ans une association qui s'appelait Sida et Ressourcement. Elle regroupait des personnes atteintes par le VIH, en quête d'intériorité. Il y avait parmi elles des croyants et des athées. Je les emmenais marcher dans le désert. On écoutait le silence la nuit, dans les dunes. On contemplait l'immensité du ciel étoilé, l'immensité du désert à perte de vue. Il y avait des moments d'échange, de partage, le soir autour du feu. Et ce partage des expériences contemplatives et d'émerveillement avait une dimension spirituelle. C'est cela le partage spirituel.

C'est ce type de partage que l'on pourrait proposer dans les maisons de retraite. Partager les moments d'émerveillement que l'on a eus dans la vie ! Cela donnerait une autre dimension à la vie des résidents. Ils se sentiraient peut-être un peu mieux reconnus dans leur vie spirituelle ! Mais ce n'est pas au programme de ces institutions, car réintroduire du spirituel dans un monde qui l'a évacué, c'est révolutionnaire ! Qu'est-ce qui nous empêche de faire cette révolution-là ? Qu'est-ce qui nous empêche d'inventer un nouveau modèle ?

La génération de ceux qui entrent dans la vieillesse aujourd'hui, c'est une génération qui a cassé tous les tabous, qui a cassé les structures, les conformismes. C'est elle qui va maintenant lever le tabou qui pèse sur le vieillissement et sur l'expérience de la vieillesse. C'est elle qui va changer le regard de notre société et rendre aux personnes qui vieillissent leur liberté d'être et de vivre comme elles en ont envie.

## La peur de l'isolement

On parle beaucoup de la solitude des personnes âgées. Il me semble qu'il faut différencier l'isolement de la solitude. L'isolement n'est pas une bonne chose. Il est source de tristesse et de repli sur soi. Une étude américaine a d'ailleurs montré que l'isolement est un des facteurs qui prédisposeraient à la maladie d'Alzheimer.

Nous sommes des êtres de contact, et le lien social est essentiel au bien-être. C'est pourquoi le troisième volet des préconisations gouvernementales du plan « bien vieillir » concerne la nécessité de rester en lien.

La solitude, c'est autre chose. C'est le fait d'être seul. Et d'être bien avec soi-même. D'être un bon compagnon pour soi-même. Beaucoup de personnes âgées vieillissent seules, passent beaucoup de temps seules, mais ne sont pas pour autant isolées, abandonnées, mises à l'écart. On vient les voir, on leur téléphone, on leur écrit, on pense à elles. Les moments de solitude peuvent être bien acceptés et bien vécus. Jacqueline Kelen, dans *L'Esprit de solitude*, parle de la bonne solitude que pratiquèrent tant de sages, de saints et de philosophes. Ceux qui vivent cette « bonne solitude », qui ne s'ennuient pas avec eux-mêmes, irradient quelque chose de paisible. Ils ne font pas le vide autour d'eux comme ceux qui ne supportent pas de se retrouver en face d'eux-mêmes et ne cessent de se plaindre qu'on ne vienne pas les voir ! Au contraire, lorsqu'on rencontre une personne âgée qui assume sa solitude joyeusement, on se sent bien près d'elle. Sa présence dégage quelque chose de léger et de bon. La bonne solitude, dit Jacqueline Kelen, n'est possible que si l'on a « contacté son noyau d'être, ce qui est indestructible, souverain, inattaquable en moi. Certains disent l'Esprit. » La bonne solitude rend autonome affectivement et spirituellement. Elle est sans doute aussi nécessaire à la vieillesse, car elle permet la réflexion, la contemplation, le face-à-face avec Dieu.

Il est dommage que dans notre monde moderne la solitude soit entourée d'une aura aussi négative ; on en a peur, on la suspecte. Voyez la manière dont on réagit lorsqu'un enfant se met dans un coin pour jouer tout seul ! On a peur qu'il s'ennuie. On l'oblige à jouer avec les autres, on le met devant la télévision. Tout plutôt que de le laisser seul avec lui-même, avec son imagination ! Pourtant, c'est important de laisser les enfants jouer avec n'importe quoi, un bout de bois, un bout de ficelle. Ils construisent un monde.

Cette incapacité des jeunes à vivre un moment de silence et de solitude est inquiétante. Adultes, puis âgés, ils chercheront par tous les moyens possibles à combler leur solitude. Ils seront très dépendants des autres. Je crois qu'en assumant notre solitude, la bonne, la solitude ontologique dont je viens de parler, nous montrons aussi à nos enfants et petits-enfants qu'il y a une manière de la vivre, qui permet justement de ne pas trop peser sur les autres. La solitude assumée est une des clés d'un vieillir heureux.

Dans *Justine* de Lawrence Durrell, l'un des quatre romans qui forment son *Quatuor d'Alexandrie*, un personnage demande à Justine : « Comment est-ce que vous avez triomphé de la solitude ? » ; elle répond : « Je suis devenue la solitude. »

Devenir la solitude peut être une manière de triompher de cette peur. Sœur Emmanuelle avait une jolie façon d'en parler. Elle aimait ses moments de solitude, parce que fondamentalement elle ne se sentait jamais seule. Elle se sentait dans la main de Dieu. Tous les matins, dans sa prière, elle accueillait en pensée tous ceux qu'elle avait rencontrés dans sa vie. Ils défilaient dans son cœur. « Et Dieu sait si j'en ai rencontré, j'ai vécu un siècle », disait-elle.

*La peur de la mort, la peur de mal mourir*

Vieillir c'est se rapprocher de la mort. Je viens de poser comme hypothèse que la peur de vieillir et de mourir pourrait être une des causes possibles de la démentialisation de la vieillesse. Trouver refuge dans l'oubli. S'absenter peu à peu du monde. Pour ne pas avoir à vivre le naufrage de la vieillesse.

Un de mes amis qui vivait à l'étranger revenait deux fois par an pour voir son père, hospitalisé dans un établissement pour personnes atteintes de la maladie d'Alzheimer. Un jour que nous déjeunions ensemble, il m'a raconté que son père ne parlait plus depuis deux ans et ne le reconnaissait plus. Je lui ai alors demandé s'il avait abordé la question de la mort avec son père avant qu'il ne plonge dans cette maladie. « Jamais », a-t-il répondu. La question de la mort était taboue. Je lui ai suggéré de le faire, même si son père en apparence n'était plus capable de communiquer avec lui. C'est ce qu'il a fait. Il s'est assis en face de son père, l'a regardé droit dans les yeux et lui a dit : « Papa, pourquoi est-ce que tu ne pars pas ? Qu'est-ce que tu fais là entre la vie et la mort ? » À ce moment précis, il a vu une lueur de lucidité dans le regard de son père qui lui a répondu : « Tu sais, ça n'est pas facile de franchir le pas. » Une réponse adaptée, chez quelqu'un qui ne parlait plus.

Cette histoire est venue apporter de l'eau au moulin de mon hypothèse. Et chaque fois que j'ai demandé à un proche d'un malade d'Alzheimer : « Parliez-vous de la mort avec lui ? », toujours on me répondait que non. C'était un sujet dont on ne parlait pas, un sujet inconvenant, angoissant, manifestement occulté. Je crois que c'est à méditer.

Car, dans toutes les traditions, la méditation sur la finitude humaine fait partie de ce que saint Benoît appelait « les outils du bien agir ». Lorsque les moines récitaient le *Memento Mori*, c'était pour trouver une position juste dans leur vie. Lorsque les bouddhistes parlent de la mort, ils utilisent l'image du miroir. Lorsqu'on regarde dedans, c'est sa vie que l'on voit. La mort renvoie chacun aux questions essentielles : qu'ai-je fait de ma vie ? Quel est le sens de ma vie ? Et dans la tradition amérindienne, on représente la mort comme un oiseau perché sur l'épaule gauche. Tous les matins, l'oiseau pose la question : « Et si c'était pour aujourd'hui ? Es-tu en accord avec toi-même ? »

La peur que l'on éprouve devant la mort n'est plus tant une peur métaphysique du purgatoire ou de l'Enfer, comme c'était le cas pour les générations qui nous ont précédés. La peur contemporaine est de mourir avant d'avoir répondu aux questions essentielles, avant d'avoir accompli sa vie.

Quant à la peur de mourir, qui diffère de la peur de la mort, elle est effectivement très présente dans notre monde, et concerne les conditions du mourir, plus que la mort elle-même.

C'est d'abord la peur de souffrir, de souffrances extrêmes non soulagées et peut-être non-soulageables. C'est la peur d'être maintenu en vie au-delà du raisonnable, ce qu'on appelle l'obstination déraisonnable, la peur de mourir avec des tuyaux partout, dans un service de réanimation, ou sur un brancard dans les couloirs des urgences. C'est enfin la peur d'être abandonné, de mourir seul, sans une main amie, une présence aimante à ses côtés.

Ces trois façons de mal mourir correspondent à des réalités, dont nous sommes parfois témoins. Nous nous disons alors : plus jamais cela ! C'est d'ailleurs cette peur de mal mourir qui fait le terreau des partisans d'une loi dépénalisant l'euthanasie.

Une autre réponse existe face à ces peurs : le développement des soins palliatifs, c'est-à-dire la diffusion de leur savoir-faire et de leur savoir-être dans tous les lieux où l'on meurt, dans les hôpitaux, dans les maisons de retraite, et dans les réseaux de soins à domicile.

Nous avons maintenant une loi – la loi Leonetti – qui encadre parfaitement la fin de vie. Elle répond aux peurs et aux attentes du public puisqu'elle fait obligation aux médecins de soulager les douleurs en fin de vie, avec tous les moyens dont ils disposent, même si ces thérapeutiques écourtent un peu le temps qui reste à vivre. C'est ce qu'on appelle « le double effet ». On ne peut donc plus, aujourd'hui, dire que les médecins hésitent à soulager parce qu'ils ont peur de provoquer la mort. Si la mort survient, ce n'est pas parce qu'on l'a provoquée délibérément, mais parce que les antalgiques peuvent entraîner une dépression respiratoire. L'intention qui anime le médecin étant de soulager, et non pas de tuer, ce qu'il fait n'est pas de l'euthanasie mais du soin palliatif. C'est une distinction très importante, et que peu de gens ont saisie. Malheureusement, beaucoup trop de personnes meurent encore dans des souffrances mal soulagées, tout simplement parce que les médecins ne sont pas suffisamment compétents. Les soins palliatifs sont une spécialité à part entière. Cela implique de se former. Or beaucoup trop de praticiens pensent qu'ils font des « soins palliatifs » parce qu'ils donnent de la morphine. Ce n'est pas suffisant, et quand on manque de formation, le risque est d'en donner trop peu ou au contraire trop, ce qui entraîne une perte de conscience qui n'a pas été voulue par le malade. Quant aux douleurs réfractaires, elles nécessitent une compétence encore plus fine. Il faut parfois utiliser la sédation, sortes de minicures de sommeil, pour apaiser les angoisses profondes, et cela exige beaucoup de vigilance et d'accompagnement des familles.

La deuxième obligation de la loi Leonetti est d'interdire l'obstination déraisonnable. Il est illégal de poursuivre des traitements inutiles, disproportionnés et pénibles, lorsqu'on sait que la personne ne peut plus en bénéficier. La loi impose aussi aux médecins et aux établissements de respecter le refus de traitement d'une personne qui dirait : « Je ne veux pas qu'on continue ! » Cela s'applique aussi aux personnes sous respirateur artificiel et qui pourraient encore vivre longtemps grâce à l'assistance d'une machine ; si l'une d'elles dit « stop, je ne veux pas continuer à vivre », le médecin, après avoir consulté l'avis d'un confrère et informé la personne malade des conséquences de son vœu d'arrêter tout traitement, doit s'incliner devant la volonté du malade. De même, une personne très âgée peut refuser qu'on l'alimente par sonde gastrique et qu'on la force ainsi à vivre, quand elle a envie de se laisser glisser dans la mort.

On voit que la loi « Droits des malades et fin de vie » va très loin ! Si elle était bien appliquée, ce qui est loin d'être encore le cas dans notre pays, elle répondrait à la quasi-totalité des détresses en fin de vie.

Je constate quotidiennement à quel point cette loi est méconnue du grand public, qui réclame déjà une autre loi « pour mourir dans la dignité », alors qu'il ignore les avancées de celle que nous avons.

Qui connaît aujourd'hui l'article qui permet d'écrire ses directives anticipées et de désigner sa personne de confiance ? Presque personne ! Même dans les hôpitaux, on confond la personne de confiance et la personne à prévenir. La personne de confiance, c'est une personne que vous choisissez pour être votre porte-parole si un jour vous vous trouviez dans un état où vous ne pourriez pas vous exprimer. C'est une personne avec laquelle vous avez parlé de tous ces sujets délicats, que faire si je fais un accident vasculaire cérébral dans la rue et que je me retrouve en réanimation ? Que faire si j'entre dans un coma végétatif chronique ? Si je suis inconsciente, et que l'on me maintient en vie par des machines ? Le dispositif est simple : il suffit de la mentionner dans ses papiers ou dans son dossier médical. Mais c'est une démarche que de désigner une personne de confiance. Cela suppose que la personne en question soit d'accord. Son rôle sera d'éclairer la décision médicale, pas de s'y substituer. Je sais à quel point les réanimateurs et les urgentistes sont demandeurs de cet éclairage : dans quel état d'esprit la personne inconsciente, incapable de s'exprimer maintenant, était-elle avant son accident ?

La personne de confiance n'est pas nécessairement une personne de la famille. Et en cas de conflits, à l'intérieur d'une fratrie par exemple, c'est toujours l'avis de la personne de confiance qui prime. Vous connaissez ces situations où les uns disent « continuez, acharnez-vous ! » et les autres disent « non ! Laissez-la tranquille, arrêtez ! » Si une personne de confiance a été désignée, c'est son avis qui est pris en compte par le médecin, même si elle ne fait pas partie de la famille. Ce qui est logique, puisqu'elle a été choisie par la personne aujourd'hui inconsciente.

La peur de mal mourir concerne aussi la solitude dans laquelle se trouvent ceux qui se sentent isolés derrière un mur de silence. La fameuse conspiration du silence ! Ils voudraient parler de leurs peurs, de leur appréhension de souffrir, de leur état d'esprit face à la mort qui vient, mais ils sentent que les autres fuient, effrayés. Les médecins se retranchent derrière leurs blouses et leur langage médical, les proches ne viennent plus ou passent en coup de vent. Ils voudraient que quelqu'un s'assoie près d'eux et n'ait pas peur d'entamer un dialogue sur ce qui les tourmente. Vais-je souffrir ? Je me souviens d'avoir souvent demandé à mes patients : « Comment aimeriez-vous mourir ? » L'un me disait : « Dans mon sommeil », un autre : « Avec ma femme près de moi. » Je leur répliquais : « Faites confiance à ce qui en vous désire mourir de cette façon ! » D'autres s'inquiétaient : « Comment mon âme se séparera-t-elle de mon corps ? » Nous avons su naître, pourquoi ne saurions-nous pas mourir ? Notre organisme a su naître. Il a su passer d'un milieu aquatique à un milieu aérien. Nous avons su ! Il ne faut pas oublier une chose : c'est l'enfant qui se fait naître. Les femmes qui ont accouché le savent. Ce n'est pas la mère qui met au monde, c'est, je le répète, l'enfant qui se fait naître. Lorsqu'on a vécu un accouchement, on sait ce que c'est que cette force qui nous traverse, contre laquelle on ne peut rien.

« Tant de gens avant moi ont fait cette expérience ! » me disait un homme qui se rassurait ainsi comme il pouvait devant la peur qu'il avait de l'inconnu. Cette peur de l'inconnu est la peur ultime. Bien des personnes prient ou récitent des psaumes dans leurs derniers instants. Elles aiment qu'on prolonge leur prière près d'elles lorsqu'elles n'ont plus la force de murmurer.

Je crois que si nous étions mieux informés de ce que la loi actuelle permet, si nous étions mieux informés de ce que sont les soins palliatifs et de la manière dont se déroulent les fins de vie dans leur cadre, nous aurions bien moins peur de vieillir et de nous rapprocher de la mort. Il est infiniment dommage que, par méconnaissance, les gens, et parmi eux les plus instruits, ceux qui lisent les journaux, les gens cultivés, persistent à penser que seule l'euthanasie peut procurer une mort digne. Comme si le fait de choisir le moment de sa mort, de l'anticiper, constituait un progrès !

Aujourd'hui nous savons tous que le respect de la dignité d'une vie qui prend fin dépend plus de l'application de la loi Leonetti et de la volonté politique de dégager des moyens suffisants pour la faire appliquer, que du vote d'une loi sur l'euthanasie. Il ne faut pas se tromper de combat. Car c'est bien celui des moyens qu'il nous faut mener. Et ce combat humain et social doit commencer par un combat sémantique. Il n'est pas acceptable que le mot de dignité soit confisqué par une association – l'ADMD – qui milite pour le droit de mourir, c'est-à-dire en fait le droit d'obliger autrui à vous donner la mort. La dignité ne peut pas être la bannière de ceux qui font la promotion du suicide. Comment pouvons-nous accepter que ce mot de dignité soit ainsi détourné ? Pouvons-nous laisser véhiculer l'idée qu'il y aurait des vies indignes d'être vécues ?

Je me souviens du silence de la journaliste, lors d'un tête-à-tête qui m'opposait à Marie Humbert, il y a plusieurs années. Madame Humbert développait tranquillement l'idée que des centaines de mères de jeunes handicapés, en état végétatif chronique, attendaient une loi qui leur permettrait de demander la mort pour leur enfant. « Ce n'est plus une vie ! » martelait-elle. Lorsque je l'ai confrontée à la gravité de son discours, à l'impact douloureux qu'il ne manquerait pas d'avoir sur ceux qui vivent dans ces conditions et ceux qui prennent soin d'eux, j'ai eu le sentiment de dire quelque chose de médiatiquement incorrect, car l'heure était à la compassion pour le geste qu'elle avait eu, et cette compassion, semble-t-il, autorisait à laisser dire n'importe quoi. Les choses, néanmoins, commencent à changer. Lors d'une émission récente sur Europe 1, Marie Drucker a courageusement confronté un auditeur, dont les mots faisaient froid dans le dos – jugeant indigne la vie en maison de retraite de sa belle-mère, il évoquait, sans l'ombre d'un doute, l'euthanasie comme solution –, au regard d'une conception dévoyée de la dignité. Des exemples comme celui-ci sont légion, car la dignité que l'on évoque à tout bout de champ s'est détournée de son sens premier, ontologique, donné par Kant. Elle est devenue une problématique narcissique d'autonomie, de liberté mal comprise, d'image non altérée de soi. Une notion floue, subjective, qui menace les plus vulnérables d'entre nous.

Alors, essayons de changer de point de vue sur les choses. La vieillesse est peut-être ce temps où l'on peut à la fois se dire je suis jeune, j'ai comme un cœur d'enfant prêt à découvrir la nouveauté, prêt à créer, à inventer, et en même temps, je me sens vieille, c'est-à-dire j'ai vécu, je suis chargée de toute une expérience de vie et je vais trouver ma place.

# Mûrir

*Car le jeune homme est beau, mais le vieillard est grand.*
*Le vieillard qui revient vers la source première,*
*Entre aux jours éternels et sort des jours changeants ;*
*Et l'on voit de la flamme aux yeux des jeunes gens,*
*Mais dans l'œil du vieillard on voit de la lumière.*

Victor HUGO, *Booz endormi.*

**Bertrand Vergely**

Il y a quelques années de cela, j'ai été invité à participer à un petit colloque sur la vieillesse. Et j'ai horrifié l'assistance en lançant une phrase, entendue à la télévision un dimanche matin à l'heure des émissions religieuses, qui avait surgi comme de la foudre de la bouche d'un grand mystique juif, Rabbi Nachman de Braslaw. « Il est interdit d'être vieux. »

Cette phrase m'a interpellé parce qu'elle prend le contre-pied de tout ce que l'on entend habituellement. Face à la vieillesse, on est soit dans la plainte, « Vieillir c'est affreux », soit

dans le déni, « Parlons d'autre chose ». Avec
Rabbi Nachman, pas de plainte, pas de déni,
mais une attitude tonique se traduisant par deux
gestes. D'abord on parle du problème au lieu de
le fuir et ensuite on ne se laisse pas faire. On
n'est pas accablé. Je me suis dit que, là, on tenait
une sagesse de la vieillesse. Une vraie sagesse.
Une sagesse solide. Une sagesse que tout le
monde peut entendre et qui redonne de la vie.

## Ce que mûrir veut dire

L'homme est fait pour vivre et avoir un devenir de vie. Il faut sans cesse le rappeler, notamment lors de la vieillesse. Elle n'est pas un
déclin, mais un accomplissement. Il est beau
d'aller au bout d'une vie. Il faut aller au bout
d'une vie. Une vie se termine, comme une œuvre
se termine. Ce n'est pas rien que de vieillir. C'est
une œuvre.

On voit toujours la vieillesse avec un regard
négatif en étant dans la nostalgie de la jeunesse.
On oublie ce que la vieillesse apporte. Un vin
doit vieillir pour devenir un vrai vin. Un fruit
doit mûrir pour être savoureux. Trop jeune, un
vin est acide. Trop vert, un fruit est immangea-
ble. La jeunesse n'a pas que des avantages. Elle
a bien des inconvénients. On est gauche, fragile, quand on est jeune. Parfois, c'est angoissant. Tellement angoissant que Paul Nizan a

écrit, et c'est la première phrase d'*Aden Arabie* :
« J'avais vingt ans. Je ne laisserai personne dire
que c'est le plus bel âge de la vie. » Les femmes
n'aiment pas les jeunots. Elles apprécient les
hommes faits qui ont de l'expérience. Et les
hommes aiment également la femme mûre, qui a
un charme que l'ingénue n'a pas forcément. Il y
a quelques années de cela une publicité pour
cigarettes annonçait : « Pour celles qui savent ce
que le plaisir veut dire. » Je dirai volontiers :
« La maturité, pour ceux et celles qui savent ce
que la vie veut dire. » Ouvrons les yeux. On
s'épanouit, quand on mûrit. Comme un vin.
Comme un fruit. Je suis stupéfait de voir
combien les hommes et les femmes de 60 ans et
plus sont beaux et jeunes aujourd'hui.

Vieillir ne veut pas dire être vieux. Vieillir est
une activité. Être vieux est un « naufrage », pour
reprendre ce mot de De Gaulle emprunté à Cha-
teaubriand. On vieillit quand on mûrit et tant
mieux. On est vieux quand on est triste. Et que
l'on vit enfermé dans le discours de l'amertume,
de la mélancolie, de l'aigreur et de la tristesse.
Certains commencent très tôt à être vieux. Il y a
des jeunes qui sont vieux. Ils sont lugubres. Ils
ne se réjouissent de rien. Ils traînent une mine
d'enterrement. Que d'attitudes sont vieilles dans
notre société frileuse, qui récrimine à propos de
tout en rêvant du risque zéro. Par peur de mourir, certains meurent avant que d'être morts. Ils
sont comme le malade imaginaire de Molière,

qui est malade à l'idée d'être malade. Il en oublie de vivre. Quand on vit, la vieillesse n'existe pas, malgré ses inconvénients. Il n'y a que de la vie. Quand on ne vit pas, on est vieux avant même d'avoir vieilli, malade avant de tomber malade et mort avant d'être mort.

Mûrir s'apprend. C'est un état d'âme et pas simplement un état du corps. On est mûr, quand on ne se laisse pas effrayer par l'adversité ainsi que par la difficulté. La vie est âpre. Fuyons, dit l'esprit immature. Maudissons la vie. Lamentons-nous. Distillons quelques propos pleins d'amertume au sujet du tragique de l'existence. L'esprit mûr agit tout autrement. La vie est âpre ? Ne fuyons pas. Faisons face à l'obstacle. Nous verrons. Pourquoi dire que tout va mal se passer ? On a vu bien des gens sortir vivants de situations apparemment désespérées. Comment ont-ils fait ? Comme on fait toujours. En composant avec ce qui est. On trouve toujours de quoi, quand on cherche. Que font tous ceux qui sont dans ce que Boris Cyrulnik appelle la « résilience », qui désigne la capacité qu'un être humain possède de pouvoir sortir du malheur ? Ils « bricolent » avec ce qu'ils trouvent. Et cela fait des miracles. Ils ne disent pas non *a priori* à l'épreuve qui se présente à eux. C'est cela la maturité. Garder la tête froide dans la tempête. Ne pas se laisser désarçonner par la difficulté. En faire un défi que l'on relève au lieu de se lamenter sur soi ou sur le monde en se culpabilisant ou en culpabilisant le monde. Demeurer un être humain au lieu de devenir un persécuté ou un persécuteur.

On s'interroge sur le sens de la vie. On se plaint de ne pas le trouver. Et pour cause. On s'y prend mal. On voudrait un sens tout fait, une fois pour toutes, qui tombe du ciel. Comme on ne peut le trouver, on désespère et on déclare que la vie n'a pas de sens, en passant du sens « tout fait » au sens « défait ». Il suffit d'ouvrir les yeux. Le sens est là, devant nous. Nous sommes même dedans. Naître, grandir puis un jour vieillir et quitter le monde afin de laisser la place à d'autres pour qu'ils continuent l'œuvre de propagation de la vie dans l'univers. Voilà le sens. Le sens de la vie est dans la vie même sous tous ses aspects. À nous de le vivre en naissant, en grandissant puis en nous détachant du monde. À nous de transformer le sens de la vie donné en un sens construit. À nous de vivre ce que la vie nous offre. Elle nous offre de devenir. Devenons. Devenons ce que nous sommes, à savoir des vivants.

C'est ce que veut dire le terme « accepter », qui est l'accomplissement du mûrissement. On pense qu'accepter consiste à se résigner. C'est une erreur. Qui accepte dit oui à la vie, parce qu'il le veut. Qui se résigne dit oui à la vie malgré lui en ne cessant pas de la refuser. Ce qui se passe dans les services de soins palliatifs permet de comprendre ce que veut dire accepter.

Quand une personne apprend que le temps de la fin a sonné, elle passe par quatre phases : le déni, la révolte, le désespoir et l'acceptation. Elle commence par nier le fait, puis par se révolter contre lui avant de désespérer. Vient alors l'ultime étape, imprévue et surprenante, où elle accepte, ce qui consiste à vivre une découverte. Que reste-t-il quand on n'a plus rien sur quoi s'appuyer à l'extérieur ? Il reste soi. Il reste le fait de s'appuyer sur soi. Il reste le fait de faire quelque chose de ce morceau de vie qui demeure. On fait beaucoup quand on fait ainsi. On fait ce que l'on n'a souvent jamais fait au cours de sa vie. On se sert de soi et de la vie par le fait de vivre de l'intérieur. Cette découverte est si importante qu'elle donne beaucoup de sérénité à ceux et celles qui la vivent. Au point qu'on voit nombre de personnes sereines remonter le moral de leur famille. Vivantes, elles étaient « mortes » faute de se servir d'elles-mêmes et de leurs ressources intérieures. Sur le point de mourir, les voilà vivantes, parce qu'elles se servent de ce qu'elles sont pour vivre. À quoi ont-elles dit oui ? À la mort ? Non. Elles ont dit oui à elles-mêmes. Ce oui à soi suffit à changer la face de la mort en faisant apercevoir que la « fin de la vie » n'est pas l'« arrêt de la vie ». On comprend pourquoi, dans *Booz endormi*, Victor Hugo écrit : « Le jeune homme est beau, mais le vieillard est grand. [...] Et l'on voit de la flamme aux yeux des jeunes gens, mais dans l'œil du

vieillard on voit de la lumière. » Les jeunes gens
sont portés par la vie. Les vieillards portent la
vie. Ils la portent en disant oui à ce qu'ils sont,
malgré l'âge, les épreuves, les difficultés. C'est ce
qui leur donne de la lumière.

Ce oui adressé à soi-même va loin, puisque
c'est lui que l'on retrouve au cœur du mystère de
la souffrance. On l'oublie toujours : souffrir a
deux sens. Souffrir veut dire subir. Souffrir veut
dire aussi supporter. On subit quand on est
esclave de la douleur physique, morale ou spirituelle. On supporte quand on est assez fort pour
ne pas être esclave de ces douleurs. Dans toute
expérience de douleur, il y a un moment crucial.
Il s'agit du moment où la question d'Hamlet
surgit : être ou ne pas être ? Supporter ou abandonner la lutte et subir en tombant en dépression ? Vivre ou se suicider ?

On surmonte la souffrance au sens de subir en
disant non au fait de ne pas être, d'abandonner
la lutte, de se suicider. Ce non se fonde en général sur une raison simple mais puissante : il y a
déjà assez de douleur comme cela dans le
monde. Inutile de rajouter de la douleur à la
douleur en refusant d'être, de lutter et de vivre.
Puisque l'on n'aime pas la douleur ne nous sui-
cidons pas. La douleur nous aide paradoxalement à dépasser la douleur. Quand on choisit
cette voie, on fait des merveilles. Qui adhère à la
vie voit la vie adhérer à lui en retour. Il est alors
porté par elle. On parvient à passer le cap de la

vieillesse en faisant le geste du oui, qui est le geste même qui aide à dépasser la souffrance et à se libérer de son esclavage. Nous avons autour de nous de nombreux exemples de vieillesses sereines. Elles le sont parce qu'elles vivent dans la maturité ce qui leur arrive. Elles ne se perdent pas dans de vains combats. Elles n'essaient pas de lutter contre le temps en essayant de jouer à être jeunes. Elles vivent le présent comme un « présent » et non comme une offense qui leur est faite. Résultat : elles sont mieux que jeunes. Elles sont vivantes.

Il n'y a pas que la force de dire oui à soi qui fait les vieillesses sereines. La vie nous y aide. Elle le fait en dispensant le charme qu'il y a à vieillir. Ce charme est celui de l'automne et de l'hiver par opposition au printemps et à l'été. Il y a ce qui éclôt et crée des richesses visibles. Il y a ce qui clôt et crée des richesses invisibles. Dans l'hiver où l'on pense qu'il ne se passe rien, il se passe de grandes choses. La terre qui se replie sur elle-même engourdie par le froid se repose. Et, se reposant, elle prépare le lit des semences futures, qui vont pouvoir grandir en elle. L'hiver est le trait d'union entre deux printemps. La vieillesse est le trait d'union entre deux générations. Elle assure par son retrait le mystère des transmissions. Tout être humain a reçu la vie. Un jour vient le temps de la transmettre à son tour à d'autres en la redonnant. Cette loi équilibre l'univers, nous dit Anaximandre, l'un des pères de la philosophie occidentale. D'où la force de la vieillesse. Celle-ci porte le mystère de la vie, tout comme le ventre rond de la future maman porte le mystère de la vie naissante. Et mieux encore, celui de la vie renaissante. Tant il est vrai que la vie ne cesse de renaître à travers des mues successives. Nous ne cessons de pratiquer des deuils et des naissances.

L'enfant qui quitte le ventre de sa mère fait le deuil de la protection maternelle, mais il gagne l'enfance. L'enfant qui quitte l'enfance et son insouciance perd l'enfance, mais il gagne l'adolescence. L'adolescent qui perd son adolescence avec son élan impétueux perd son adolescence, mais il gagne la force de l'adulte. L'adulte qui perd la force de l'adulte perd son état adulte, mais il gagne la vieillesse et son repos. Le vieillard qui meurt perd la vie, mais il est délivré de tout. Il gagne la délivrance. Délivré de tout, il n'est rien. Mais rien, il est Tout. Il est dans la vie universelle.

L'acceptation de la mort diffère de l'acceptation de la souffrance. Elle ne nous plonge pas dans la vie, mais dans le mystère de la vie. Le mystère n'est pas quelque chose que l'on cache, mais la face cachée des choses. Ainsi, la mort est quelque chose de vivant, malgré les apparences. Si personne ne mourait, l'humanité, remplie de vieillards, ne pourrait plus survivre. On peut donc dire que la mort des êtres humains en tant qu'individus préserve la vie de l'humanité en tant qu'espèce. Ce qui est un mystère. Il y a de la vie derrière ce qui nous apparaît comme de la mort. Ce mystère nous aide à passer le cap de la mort. Nous sentons bien que mourir est une œuvre et pas simplement un échec de la vie. Si nous n'en avions pas l'intuition, nous n'aurions pas la force de vivre ce moment et, plus encore, de vivre tout court. La vie serait totalement absurde. Ce qu'elle n'est pas. On ne naît pas pour rien. On ne grandit pas pour rien. On ne meurt pas pour rien. On naît, on grandit et on meurt pour la vie et par elle. En ce sens, la mort ne se trouve pas là où on le pense. On meurt de vivre une vie sans mystère plus que de mourir. S'ennuyer parce que l'on vit dans une existence dépourvue de vie est plus dur que mourir. On parle bien d'un ennui « mortel ». Vivre ne consiste pas à perpétuer son corps, mais à faire vivre ce qui a de l'âme. Qu'est-ce que le monde qui est le nôtre fait de l'âme ?

Vieillir, mûrir, c'est s'ouvrir au temps de l'âme. Quand le corps est moins vigoureux, quand il répond moins à nos désirs, il ne reste pas rien. Il reste l'âme. L'âme, c'est ce qui vit en nous. C'est ce qui vit à l'intérieur de chaque chose. C'est la vie active cachée de nous-mêmes et de ce qui nous entoure. On découvre l'âme quand on s'arrête et que l'on écoute. Alors, dans l'immobile et le silence, on entend monter la musique de la vie. Ce grand penseur de la poésie qu'est Gaston Bachelard a consacré de bien belles pages à la musique de l'âme et ce penseur de la musique que fut Vladimir Jankélévitch également. Il y a une poésie du temps qui passe. On la découvre en le vivant. Vivons ce moment d'automne où la vie se détache d'elle-même comme les feuilles se détachent de l'arbre. On n'est plus dans un moment de mort, mais dans un moment de vie. Notre âme se met à vivre à l'occasion de cet automne où tout passe. L'extérieur est devenu une occasion pour l'intérieur. Nous sommes passés d'un temps à un autre, du temps-déclin, qui est le temps extérieur, au temps-occasion, qui est le temps intérieur. De la beauté est née de ce qui semblait triste et sans beauté. On touche ici au sublime de l'existence. Quand je traverse le jardin du Luxembourg au printemps, j'y vois de nombreuses personnes âgées, assises sur un banc ou une chaise. Elles sont là, simplement là, à savourer le miracle du printemps. Quelque chose de paisible émane d'elles. Elles sont avec le monde. Elles sont avec leur âme. Elles sont en paix avec le monde et avec leur âme. Tout est bien. Tout est mûr. Elles n'ont pas quitté la vie. Elles vivent autrement. Tout désormais vient de l'intérieur.

## La vie intérieure

Vivre les choses de l'intérieur, avoir une âme, fait toucher à l'ordre de la pensée. Quand je parle de la pensée, j'entends souvent quatre remarques. Premièrement, on ne sait pas ce que c'est. Deuxièmement, c'est abstrait. C'est le concret qui importe. Troisièmement, c'est dur et élitiste. Ce n'est pas donné à tout le monde. Quatrièmement enfin, comment faire ? Y a-t-il une méthode pour penser ? On peut faire plusieurs réponses à de telles objections.

La pensée n'est pas une chose irréelle. C'est une chose bien réelle. C'est la deuxième vie de notre vie. Nous vivons parce que nous existons matériellement. Nous vivons également parce que nous nous représentons ce que nous vivons. Nous voyons ce que nous faisons. Nous entendons ce que nous disons. Nous sentons ce qui nous arrive et ce que nous désirons. En ce sens, la pensée est la partie la plus active de notre être puisqu'elle consiste à faire vivre la vie que nous vivons. J'aime bien rappeler que la philosophie que je pratique et que j'enseigne est un style de vie : la vie avec la pensée. Cette vie est une vie active, une vie de présence à soi, au monde, à la vie. Nous ne sommes pas assez présents à ce que nous sommes et à ce que nous vivons. La philosophie fait de nous des êtres présents à nous-mêmes, aux autres, au monde, à la vie. Elle est un éveil. Dante l'a appelée *vita activa*. En Orient, on appelle le sage « l'éveillé ». Ainsi, Bouddha, modèle de sagesse, est appelé « l'Éveillé ». J'ai rencontré des éveillés dans ma vie. Mon amie Annick de Souzenelle qui parcourt l'Europe en faisant des conférences à l'âge de 86 ans en fait partie. Je songe aussi à ce vieil artisan imprimeur d'Orléans. Il faut voir comme il vit et comme son œil pétille. C'est un sage à sa façon. Il est présent à tout ce qu'il fait. Et cela lui fait dire quantité de choses passionnantes.

On dit qu'il est abstrait de penser. J'ai envie de dire le contraire. Il est abstrait de ne pas penser. Il est abstrait de faire de l'homme simplement un corps. La vision statistique du monde considère les êtres humains comme des pions sans âme, qui mangent, qui dorment, qui prennent leur voiture, etc. Cette description de l'être humain a l'air d'être concrète, parce qu'elle ne s'intéresse qu'aux aspects matériels de l'existence. Elle est en fait très abstraite. Une personne humaine n'est pas un pion qui mange, qui dort et qui prend sa voiture. C'est un être en chair et en os, qui vit, qui vibre, qui touche, que l'on touche, qui émeut et qui s'émeut. C'est un visage. Une parole. C'est quelqu'un qui laisse une trace. Ce n'est pas un fantôme. En un mot, c'est une pensée, parce que c'est une vie active. Donc, rien de plus vivant que de penser.

Rien de moins élitiste par ailleurs. Oui, il faut aller chercher la pensée. Oui, elle n'est pas donnée à tout le monde. Mais tout ce qui a du prix n'est pas facile. Dans l'Ancien Régime, la noblesse pensait qu'elle avait droit à des avantages du fait de sa naissance. Vouloir que les choses tombent du ciel, c'est vouloir un privilège.

Un privilège a beau être attribué à tous, il n'en demeure pas moins un privilège. Que tout le monde soit une élite n'efface pas l'élite. Cela étend son principe. Cela installe notamment la morgue, la suffisance, l'arrogance. Le fait qu'il faille aller chercher la pensée nous préserve de cette catastrophe. Il importe d'ajouter qu'il n'est pas sûr que naître dans un milieu favorisé facilite la pensée. On a peut-être plus de possibilités d'être un érudit quand on vient d'un milieu favorisé. On n'est pas forcément plus présent à la vie. On l'est même plutôt moins. Il y a des choses dont on ne se rend pas compte quand on est riche.

Enfin, on peut apprendre à penser. Il suffit pour cela de vivre en apprenant. La vie nous lance des messages. Écoutons-les. Les autres nous lancent des messages. Écoutons-les. Notre corps, notre cœur nous lancent des messages. Écoutons-les. Il n'est pas difficile de penser. Il n'y a qu'à ne rien faire sinon écouter. La parole naît du silence. La pensée aussi. Il est vrai qu'il n'est pas facile de penser aujourd'hui. Cela vient de ce que l'on ne fait pas silence. Le bavardage à propos de tout et de rien domine. Il tue la pensée. Ce n'est pas toutefois une fatalité. Il est possible de penser au lieu de bavarder. Il suffit de dire des choses qui viennent de nous, de ce que nous vivons, de ce que nous sentons.

On croit que la pensée est inutile. De nombreux exemples montrent qu'elle ne l'est pas.

Les psychologues qui travaillent auprès de jeunes le disent. La pensée est nécessaire. Elle est même *la* question qui se pose. Beaucoup de jeunes en difficulté sont violents. Ils se font exclure de leur lycée pour cela, parce qu'ils battent leurs camarades sans aucune raison. Lorsqu'ils sont entendus par un psychologue parce qu'ils sont mis en demeure de se soigner, ils expliquent ainsi cette violence. Celle-ci a la forme d'une boule de feu qui leur brûle la poitrine. Ils se sentent dépassés, dévorés par ce feu qui annihile leur identité. Ils ne savent plus qui ils sont. C'est alors qu'ils frappent leurs camarades pour se libérer de cette brûlure insupportable. Quand les psychologues leur expliquent qu'ils ont ce feu en eux parce qu'il s'agit d'une énergie qui n'arrive pas à passer dans leur tête, ils sont stupéfaits. Ils sont soulagés. Le psychologue a mis le doigt sur leur souffrance. Ils aimeraient être des tuyaux laissant passer la vie mais ils se vivent comme bouchés. Ils aimeraient comprendre ce qu'ils éprouvent. Ne pouvant mettre de mots sur leurs sensations, ils sont perdus dans une angoisse qui les étreint. « On ne nous a jamais appris à penser », disent-ils souvent. Une phrase qui en dit long et qui montre combien la question de la pensée est vitale. C'est la pensée qui rassemble les morceaux épars de notre vie pour en faire une vie et non des morceaux épars.

Nous le savons, les personnes qui ont une vie intérieure en élaborant ce qu'elles vivent par le fait de s'interroger, de se questionner, de sentir, de traduire ce que l'on sent, d'écouter ce qui vient de l'intérieur, de dialoguer avec ce qui parle en nous, les personnes qui ont une curiosité intellectuelle, qui s'intéressent au monde, aux autres, vieillissent mieux que les autres.

Nous avons tous une petite voix intérieure qui nous guide, qui nous explique ceci ou cela, qui nous avertit, qui se réjouit quand nous nous réjouissons, qui s'attriste quand nous nous attristons, qui s'attriste aussi quand nous nous réjouissons de certaines choses, et parfois à l'inverse qui se réjouit quand nous nous attristons de certaines choses. Nous avons tous en nous la voix de la vie à côté de la voix de notre moi. Nous ne nous en rendons pas toujours compte. Nous sommes de la vie et pas simplement un moi. Nous sommes une vie qui porte en elle tout le mystère de la vie. C'est ce mystère qui nous parle, qui se réjouit et s'attriste, qui se vit en nous. Il est extraordinaire d'écouter cette voix, de la laisser vivre en nous. En ce sens, la pensée est la rencontre entre le flux de vie qui nous traverse comme une colonne et nous-mêmes. L'individualisme régnant nous a fait oublier que nous faisons partie de la vie, nous sommes une colonne de vie, nous sommes traversés par la vie des pieds à la tête. Nous sommes dans la pensée, quand nous sommes dans cette vie en la laissant devenir l'axe de nous-mêmes. Nous faisons alors preuve de « raison » au sens fort. Nous disons des choses, nous faisons des choses qui ont un « rapport » avec la vie. Le mot raison qui veut dire rapport prend ainsi tout son sens. Et de ce fait nous nous mettons à être, être voulant dire « être pleinement présent ».

Tout le monde peut faire l'expérience de ce passage à l'être. Il suffit de se mettre à dire « Je suis ». Quand on le dit, sentant ce que l'on est, on se met à être et, nous mettant à être, nous nous mettons à recevoir quantité de messages. Nous rentrons surtout dans l'axe de nous-mêmes et de la vie. On sait alors qui on est. On sent ce qui est bon pour nous, ce qui nous correspond. Ce que le jeune homme suivi par mon amie psychologue a du mal à faire. Faute d'écoute et d'élaboration de la pensée, il ne sait pas qui il est. Tout est brouillé dans sa tête. C'est la raison pour laquelle il tape. Il tape, parce qu'il tape contre lui, contre cet individu qu'il est et qui l'embarrasse. On vit bien, quand on laisse vivre sa pensée. Et l'on vieillit bien. La vie est toujours intéressante. On ne cesse d'apprendre, la pensée ouvrant sur cette autre vie qu'est la vie intérieure.

Cette vie commence par un geste simple. Ce geste consiste à tenter de vivre et pas simplement de survivre. Survivre c'est ce que nous faisons quand nous accomplissons tout ce qu'il faut pour ne pas périr. Pour ne pas mourir de faim, de soif, de froid, etc. Vivre, c'est quelque chose qui commence quand, étant capable de survivre, on se rend compte que survivre ne suffit pas. Il faut quelque chose en plus. On a besoin de faire vivre ce que l'on est et ce qui est. On a besoin de se sentir exister et de sentir que tout existe. On sent que tout existe, quand on est en mesure de donner du sens à ce que l'on est et à ce qui est. L'un des grands maîtres de sagesse du XX$^e$ siècle, Krishnamurti, raconte cette expérience : un jour il a regardé un arbre. C'était un cerisier en fleur au printemps. Il l'a vraiment regardé. Un événement étonnant s'est alors produit. L'arbre est entré en lui et lui est entré dans l'arbre. Lui et l'arbre se sont interpénétrés. Si bien que le cerisier en fleur s'est mis à vivre en lui, et lui a révélé un monde intérieur qu'il ne soupçonnait pas. Voilà la vie. Une pause. Un arrêt. Et soudain, une rencontre. Une coïncidence fulgurante entre soi et le monde. Un moment profondément érotique. Dans les petits villages de Grèce, les soirs d'été, les hommes viennent au café. Ils regardent la vie. Cela leur donne de beaux yeux clairs. En étant présents là, le soir, au café, ils donnent une présence intense à la vie qui se déroule. Ils sont l'âme du village. Cette âme laisse des traces. Elle féconde les mémoires. Elle libère l'imagination. Elle crée la richesse de ce que l'on voit. Cette simple scène est, en apparence, très extérieure. Elle est en réalité très intérieure. Elle parle de la vie. Elle enseigne notamment les sources mystérieuses du langage. Celui-ci ne vient pas simplement du code phonétique et grammatical bâti par les sociétés. Il vient aussi de ce que les êtres humains vivent. Tout être humain qui vit en profondeur fabrique du langage sans s'en rendre compte. Il participe à l'écriture du Livre de la Vie.

On aperçoit mieux dès lors ce que signifie la vie intérieure. Elle ne renvoie pas à un repli sur soi, comme on le pense souvent. Elle n'est pas le rejet de l'extérieur. Elle n'est pas le refus des autres et du monde. Au contraire. Elle consiste à s'ouvrir à l'extérieur, au monde et aux autres, mais en les vivant de l'intérieur. Cela revient à être présent à ce que l'on fait, à ce que l'on dit, à ce qui se fait et à ce qui se dit. Il s'agit là du contraire d'une attitude désinvolte, négligente, superficielle. Qui est intérieur est intérieur à la présence. Qui est extérieur est extérieur à cette même présence. C'est la présence qui détermine la notion d'intériorité et non le monde. C'est l'art qui nous donne le meilleur exemple de ce que peut être la vie intérieure. Un peintre comme Van Gogh a peint la présence d'un arbre en été et non simplement un arbre. Il n'a pas reproduit un arbre l'été. Il a fait vivre cet arbre en été.

Dès que l'on vieillit on devient très sensible à la présence. On y devient même de plus en plus sensible. On a certes besoin de confort et cela n'est pas négligeable. Mais on a aussi besoin d'autre chose, d'un regard, d'une parole, d'un geste qui fasse sentir le poids des choses ou bien leur légèreté. On se sent un être humain quand la présence existe. On est déshumanisé quand elle n'est plus là. Certaines personnes ont un univers intérieur très riche. Elles sont capables de faire vivre tout un monde. D'autres ont malheureusement un univers intérieur pauvre. Elles n'ont pas su ou pas voulu développer cet aspect d'elles-mêmes. Elles souffrent alors des affres de l'ennui.

On ne comprend rien au monde moderne, estimait Bernanos, si l'on n'aperçoit pas que tout est fait pour que l'homme n'ait pas de vie intérieure. La post-modernité produit beaucoup de belles choses, reste qu'elle a un problème avec son âme. Images. Vitesse. Zapping. Culte de l'immédiateté. Plus de recul sur rien. Du direct à propos de tout. Aucun sens de ce fait des notions de vie intérieure et d'âme. Je me souviens d'être allé un jour faire une conférence à Vendôme dans un lycée de construction mécanique, invité par la bibliothécaire. J'ai tenté d'expliquer aux jeunes qui étaient là ce que j'entendais par philosophie. À un moment, j'ai parlé de l'âme en disant à ces jeunes gens qu'ils en avaient une. Ils m'ont regardé, interloqués. La bibliothécaire m'en a donné la raison. Ils n'avaient jamais entendu parler de ce terme. C'était la première fois qu'il pénétrait dans leurs oreilles et dans l'établissement.

Ignorance dramatique. Il n'est pas nécessaire
d'être un grand intellectuel pour avoir une âme
et une vie intérieure. Beaucoup de gens très sim-
ples ont une grande âme et une grande vie intérieure. Bien plus que de grands intellectuels. Le
paysan qui épouse les saisons a une vie intérieure. Il vit la nature. Être une grand-mère et
s'occuper de sa petite-fille est un moment de vie
intérieure intense à l'occasion duquel des choses
indicibles se partagent d'âme à âme. On sent
que, parfois, il faut peu de chose pour passer sur
un autre plan de la vie. Un plan authentique.

Personne ne souhaite les inconvénients du
grand âge. Mais qui souhaite être un éternel
adolescent ? Qui aspire, à part Faust, à rejouer
sa jeunesse ? Les vieux beaux font sourire, les
vieilles petites filles aussi. Ils donnent l'impression de jouer un personnage, d'être une carica-
ture. Être jeune ne consiste pas à jouer à l'être.
Mieux vaut être vieux que jouer à être jeune.
Nous le savons intimement. C'est la raison pour
laquelle nous avons la force de faire le deuil de
notre jeunesse. Et, paradoxalement, cette légèreté vis-à-vis de nous-mêmes nous donne de la
vigueur et pour tout dire une forme de jeunesse. On est dans la vie. C'est en cela que réside
la vraie jeunesse. Il n'est jamais trop tôt ni trop
tard pour être heureux et sage, dit Épicure dans
sa *Lettre à Ménécée*. Il n'est jamais trop tôt ni
trop tard pour être dans la voix de la vie.

Comprenons cela : nous pouvons rectifier une image courante de la vie qui tend à nous envahir. L'air du temps est matérialiste et ce matérialisme n'est pas philosophique, mais primaire. Il est primaire en niant que l'esprit puisse changer quoi que ce soit à la vieillesse et à la mort. Tout passant par la vie de l'enveloppe charnelle, nous dit-il, tout s'arrête quand elle vient à vieillir et à mourir. Inutile donc de parler d'esprit ou de vie intérieure.

L'expérience montre le contraire. On vieillit de façon dramatique non pas parce que l'enveloppe charnelle s'use, mais parce que esprit et vie intérieure sont dramatiquement absents. Quant à la mort, on s'inquiète de la mort du corps mais pas de celle de l'âme, qui précède bien souvent celle du corps et qui rend sa fin dramatique elle aussi. Sous prétexte de nous rendre lucides, le matérialisme primaire est en train de nous rendre vieux, tristes, amers. Il a quelque chose de mortifère. Il oublie que si le sens doit avoir une réalité matérielle, la réalité matérielle doit avoir du sens. Sinon, elle n'est pas réelle. Nos vies sont irréelles à force de n'avoir qu'une réalité matérielle et aucun sens. Il est indispensable de faire vivre le corps pour que l'âme vive en ce monde. Mais il importe aussi de faire vivre l'âme pour que le corps ait un sens. La vie devient absurde et n'a plus de corps quand elle n'est plus qu'un défilé de corps sans

âme. Le matérialisme primaire trouve l'âme abstraite et inutile. En pensant de la sorte, il fait le
jeu du mercantilisme cynique, qui ne s'embarrasse pas de la notion d'âme. Il participe à la
barbarie ambiante. Faute d'âme on vieillit de
façon barbare en produisant une vieillesse sans
âme. Et on meurt de façon barbare en produisant des morts barbares.

J'ai eu l'expérience de ce que l'on peut appe-
ler une mort barbare, dépourvue d'âme. J'avais
un cousin, Bruno, qui est mort des suites d'un
excès de drogue. J'ai assisté à son enterrement.
Cela a été un enterrement barbare. Le fourgon
mortuaire est arrivé au cimetière. Le cercueil a
été sorti et descendu dans le caveau, sans un
mot. Bruno ne croyait pas en l'âme. Sa famille
proche non plus. Quand on pense que la vie se
résume au corps, qu'il est inutile d'avoir des
rites, des paroles et des chants autour d'un mort,
puisqu'il est mort et qu'il n'y a rien, on en arrive
là. Le vide appelle le vide. Et le vide crée la
mort. Il crée le néant. Ce n'est pas la mort qui est
un néant. C'est nous qui transformons la mort
en néant.

Mon ami André Comte-Sponville, qui est le
philosophe athée que l'on sait, pense que la
mort est un néant. Il en convient pourtant : difficile de penser que l'homme n'est rien parce qu'il
y a ce néant. Une mort sans âme le fait hésiter à
dire que l'âme n'a pas de sens. « Nous ne
sommes tout de même pas une bûche que l'on

met au feu ou un déchet que l'on jette à la poubelle », souligne-t-il.

Notre monde épris de rationalité scientifique avance qu'il ne croira en l'âme que quand on lui aura prouvé son existence. La plus belle preuve de l'âme réside dans l'impossibilité de prouver son existence. L'âme n'étant pas une chose, quand on la prouve, ce n'est pas l'âme. Quand on renonce à la prouver, c'est l'âme. L'âme s'éprouve. Elle ne se prouve pas. Elle se montre. Elle ne se démontre pas. On *est* une âme. On n'*a* pas une âme. Mettons-nous à être, nous allons voir l'âme arriver. Nous allons la vivre. Tout comme on ne comprend rien à l'amour sans aimer, on ne comprend rien à l'âme sans la vivre.

Socrate en son temps – le Ve siècle avant Jésus-Christ – a saisi ce problème. La cité souffre d'une dramatique absence d'âme. Les citoyens qui s'y côtoient n'ont pas conscience de ce qu'ils vivent ni de ce qu'ils disent. Ils vivent en confondant tout. Ils prennent l'accessoire pour l'essentiel. Ils s'accrochent à une vie qui les fait mourir : la vie passionnelle, violente, excessive, sans sagesse. Ils négligent une vie qui pourrait les faire vivre : la vie née de l'intérieur, la vie sage.

Socrate a fait une découverte de taille. La vie n'est pas ce que l'on croit. Elle est autre et, avec elle, la vieillesse et la mort. Derrière ce que nous pensons être le vide, il y a du plein. Derrière ce que nous pensons être du plein, il y a du vide.

Notre quête d'une jeunesse éternelle est vide.
Notre souci d'immortalité est vide. L'acceptation de la vieillesse et de la mort est pleine. C'est
un sophisme qui nous fait croire le contraire.
Les sophistes fleurissaient à Athènes. Ils sont
parmi nous. Leur enseignement peut se résumer à ce slogan digne d'un magazine pour adolescents : vivre, c'est séduire. Conclusion : ne pas
plaire, c'est vieillir. Alors que le sage dit comme
Descartes : « Je pense donc je suis », le sophiste
dit : « Je plais donc je suis. » C'est avec un tel
programme que l'on débouche sur le déni de la
vieillesse et de la mort, les vieux étant ce que le
monde de la séduction non-stop, décrit par
Gilles Lipovetsky dans *L'Ère du vide*, ne veut ni
voir ni entendre.

Nos magazines pensent qu'il est humain de
célébrer la séduction non-stop. Ils ne se rendent
pas compte de la violence que cela contient. Le
cynique en politique estime que les hommes ne
marchent qu'à la carotte et au bâton. Il faut leur
faire peur et les séduire à la fois. La séduction
non-stop fait le jeu du cynisme et, derrière lui,
de la tyrannie et de la servitude qui enferment
les consciences et les vies. Cette servitude se lit
dans nos peurs.

La vieillesse fait peur à notre société. L'identi-
fiant au drame de la démence et de la dépendance, beaucoup de personnes s'écrient : « Je ne
veux pas être ça ! » Elles ont parfois vécu la fin
interminable et dramatique d'un parent et

veulent s'éviter et éviter aux autres cette acca-
blante agonie. Aussi désirent-elles qu'on léga-
lise l'euthanasie, voire le suicide assisté. Il y a des
réponses autres que le suicide face aux souffrances de la vie. Grâce aux progrès de la
science. Grâce à l'intelligence du législateur.
Grâce à la patience de ceux et celles qui font le
choix de vivre avec courage et dignité la vie
jusqu'au bout, malgré les difficultés, malgré les
handicaps. La lutte contre le désespoir existe.
Elle est belle. Elle est noble. Les médias en parlent peu. Ils agitent l'euthanasie et le suicide qui
font recette. Ils veulent en faire un droit en
oubliant que la plupart des personnes âgées
aspirent à du sens plus qu'à un droit. Elles sont
en cela proches de ce que Kant nomme la loi
morale qui rappelle que vivre est tellement
sérieux qu'il s'agit là d'une question fondamentale et non d'une affaire de plaisir. On ne vit pas
parce que cela nous plaît, même s'il est indispensable d'avoir du plaisir pour vivre, mais parce
qu'il le faut. Nous le sentons. Nous le savons.
L'enjeu de la vie est de l'ordre du fondamental.
On ne vit pas simplement pour soi. L'individu
n'est pas plus important que le principe de vie
qui l'a fait naître. Aussi fait-on un cadeau à
l'humanité en vivant et notamment en vivant la
vie jusqu'au bout. On est alors un témoin de
l'existence. Si ceux qui font le choix d'abréger
leurs jours méritent toute notre compassion,
ceux qui décident de ne pas le faire méritent

toute notre admiration. Il faudrait davantage parler d'eux. Il faudrait davantage parler des héros du quotidien. Ils sont nombreux. Ils portent le monde. Qui vit malgré la difficulté montre que l'on peut vivre. Il apporte de la force au monde. Il montre la vraie question qui se pose à nous aujourd'hui. C'est celle de notre lien à la vie et à nous-mêmes.

On vit parce que l'on aime. Il est intelligent d'aimer. Il est tragique de ne pas le faire. On passe à côté de la vie à force de vivre sans amour et l'on devient l'artisan de son propre malheur. On n'a pas aimé. On a oublié d'aimer. On n'a pas voulu aimer. On aurait pu vivre. On s'est empêché de vivre. On a empêché la vie. Parfois, on a empêché celle des autres. Là est le drame de la vie. Le problème de la vie n'est pas celui de la mort, mais celui de l'amour. Vivre sans aimer ? On est déjà mort. Vivre en ayant aimé ? On n'est pas passé à côté de la vie. Qu'importe la mort. Quand on a vécu, on ne regrette pas la vie qui s'enfuit, puisqu'on l'a vécue. Quand on ne l'a pas vécue, on la regrette. Et les larmes que l'on jette sur la vie sont les larmes que l'on jette sur l'amour que l'on n'a pas eu. C'est la fameuse réplique de Perdican dans *On ne badine pas avec l'amour* de Musset : « On est souvent trompé en amour, souvent blessé et souvent malheureux ; mais on aime, et quand on est sur le bord de sa tombe, on se retourne pour regarder en arrière ; et on se dit : "J'ai souffert souvent, je me suis trompé quelquefois, mais j'ai aimé. C'est moi qui ai vécu, et non pas un être factice créé par mon orgueil et mon ennui." »

En ce sens, la pire des choses qui puisse nous arriver n'est pas la mort, mais la tristesse. La tristesse d'une vie gâchée faute d'amour. Vivre sans ampleur et mourir tristement au lieu de vivre heureusement et de mourir avec sagesse. Voilà le drame. Vivre sans avoir réalisé la valeur de la vie, la chance de vivre, le miracle qu'il y ait de la vie. Vivre sans gratitude. Oui, vivre tristement en subissant tristement l'existence, le cœur rempli de ressentiment. Nietzsche a consacré toute sa vie à expliquer que le drame de la condition humaine réside là. La tristesse est bien plus redoutable que la vieillesse et la mort, parce que c'est elle qui rend la vieillesse et la mort redoutables. Le naufrage, s'il y en a un, est le naufrage de l'esprit, non celui de la vieillesse. Penser, vivre les choses de l'intérieur c'est libérer la joie. La sienne, celle des autres, celle de la vie et du temps.

## L'épreuve du temps

Quand on pense à la vieillesse, on pense bien sûr au temps. Au temps qui passe. Au temps qui est compté. Et l'on conclut à la fatalité. Que pouvons-nous faire face au temps ? Ne sommes-nous pas totalement impuissants à son égard ?

Moins qu'on ne le pense, tout étant lié au regard
que l'on porte sur lui. Un tel regard repose sur
la découverte que tout change dès que l'on
accepte le temps, dès que l'on comprend que
nous sommes le temps et enfin que l'irréversibilité qui le caractérise a une autre face.

S'agissant de l'acceptation, il importe de rappeler que celle-ci n'est pas évidente. Nous sommes
toujours en décalage par rapport au temps. Il pèse
et ce poids pose question. Trop long, il fait souffrir. Trop court, aussi. Il use également. Il fatigue.
Il blesse les corps qu'il outrage par ses dom-
mages. Mais, paradoxe, le temps est le remède au
temps. Prenons le temps du temps, donnons-
nous le temps, on se repose et tout se met à repo-
ser. Le temps se met à durer et non plus à passer.
Il se met à se remplir au lieu de se vider. Il devient
un temps opportun au lieu d'être un temps im-
portun. Il cesse d'être un temps-fatalité (*chronos*,
en grec) pour devenir un temps-opportunité
(*kairos*).

Voici ce qu'est la sagesse : elle est acceptation. Le sage consent au monde, nous disent les
Anciens. Il y consent parce que, faisant partie du
monde, aller contre le monde serait aller contre
soi. Or, le sage n'est pas suicidaire. Il agit de
même à l'égard de la vieillesse et de la mort.
Elles font partie de la vie, elles ne peuvent pas
lui être contraires, puisqu'elles sont de la vie
comme lui. Il faut donc les accepter. On est dans
la vie, quand on le fait.

Sous prétexte de lucidité, il arrive que l'on ait une vision tragique de la condition humaine : absurde, dans un univers aveugle, sourd, muet et vide. Nous pensons que c'est l'adulte responsable qui s'exprime à travers une telle vue. C'est l'enfant qui parle. Un enfant regrettant que l'univers ne soit pas maternel et prenant cette absence de maternité pour la vérité du monde. Solitude, détresse, désolation existent bien sûr et il ne saurait être question de le nier. Reste qu'il importe de ne pas perdre de vue que nous avons notre responsabilité dans leur existence. Ce ne sont pas des fatalités. Si la réalité est parfois révoltante parce qu'elle est vide, elle est aussi vide parce que l'on passe son temps à se révolter et à désespérer.

On touche là au mystère de nos limites et de ce que nous appelons la « finitude ». Nous sommes limités, mais ce n'est pas le néant qui nous limite. Ce n'est pas l'échec de l'existence. C'est la profondeur d'une existence dont nous ne soupçonnons pas les limites. Ce que nous ne connaissons pas nous en dit plus sur nous que ce que nous connaissons. Être moderne consiste à penser avec cet insoupçonné. Voilà pourquoi la modernité est le temps de la finitude. Celle-ci tente d'intégrer la notion de limite de façon créatrice. Pour bien savoir, il importe de renoncer à tout savoir. Pour bien maîtriser, il importe de renoncer à tout maîtriser.

Marx a pensé la finitude. On vieillit et on meurt de ne pas apercevoir ses limites et, notamment, ses limites économiques et sociales. L'argent ne résout pas tout. On use les personnes, les corps et les âmes à force de le faire croire. Notre système qui pense que tout se résout par l'argent soumet la société à une pression parfois insupportable. Il crée des phénomènes d'usure, de vieillissement, de dépression, voire de suicide. Le retour à la conscience de nos limites évite ce phénomène d'épuisement. La tragédie grecque nous enseigne que le héros tombe dans le tragique quand il nie ses limites. Il est sauvé de les reconnaître. Cela vaut pour le temps et la vieillesse. On en sort, on s'en délivre, en y rentrant. Le temps que l'on accepte n'est plus un temps que l'on subit. On n'est plus dans le temps en acceptant le temps. On est dans la réalité.

L'existence est pleine d'opportunités. On passe à côté de celles-ci à force de se révolter. C'est ce qu'enseignent Épictète et, avec lui, le stoïcisme. On s'imagine, par exemple, qu'il vaut mieux être empereur qu'esclave. Aussi pense-t-on que l'humanité connaîtra la liberté quand tout le monde sera empereur. On ignore qu'un empereur n'est pas forcément libre. Il dépend de son pouvoir, de ses valets, de ses sujets. Il est finalement bien plus esclave que l'esclave qui n'a pas de pouvoir. C'est pourquoi il faut souhaiter que les hommes deviennent des hommes et non des empereurs. Nous sommes tous quelque part esclaves. Personne ne détient le pouvoir absolu. On est sage de s'en souvenir. On ne demande pas l'impossible. On est fou de l'oublier. On se rend malheureux à le croire et on rend les autres malheureux.

Étonnante philosophie des stoïciens, qui débouche sur une admirable sagesse de la vieillesse et du temps. Ils pensent non pas à s'évader hors des limites de la condition humaine, mais à y rentrer. Ils n'ont pas une vision de prisonnier qui pense à fuir. Ils ne cherchent pas à s'imaginer libres, mais esclaves, leur liberté résidant dans le fait d'être délivrés de l'illusion. Mieux vaut une vie limitée mais réelle qu'une vie illimitée mais irréelle. Les êtres humains font souvent le contraire. Ils sont dans l'idée de la vie plus que dans la vie et dans l'image d'eux-mêmes plus que dans eux-mêmes. Mieux vaut donc un temps réel qu'une éternité irréelle et une vieillesse réelle qu'une jeunesse irréelle. Mieux vaut vivre que rêver de vivre. Mieux vaut de ce fait une vie sage qu'une vie longue, la vie sage étant la vie qui apprend à vivre ici et maintenant. Le sage qui vit au présent regarde ce qu'il *est* et non ce qu'il *a*. De ce fait, rien ne lui manque puisque avoir n'est pas son souci. Quant à son être, personne sinon lui-même ne peut l'en priver. Aussi est-il serein en étant transparent à la vie « comme la nacre est rendue transparente par la mer », ainsi que le dit Christiane Singer, au lieu d'être cet homme affolé courant derrière le temps en manquant et la nuit et le jour, « l'attente de la nuit lui faisant perdre le jour et la crainte du jour lui faisant perdre la nuit », ainsi que le dit Sénèque. On pense cette sagesse impossible aujourd'hui. Jamais elle n'a été autant d'actualité. Le monde en a soif. Son inté-rêt pour l'intériorité en est la marque. Il existe un réel désir, de se connaître, d'aller à la rencon-tre de ses ressources intimes, d'apprendre à s'en servir, de les utiliser lors des épreuves de la vie. Il existe la certitude intime que, si l'on s'y prend bien, vieillir peut devenir un mûrissement et non une déchéance.

Par ailleurs, nous l'oublions toujours, nous sommes du temps. Mieux encore, nous sommes le temps. C'est ce qui fait du temps un mystère, comme la vie, comme la mort que nous sommes également. Le temps dépend de nous, et pas simplement nous du temps. C'est ce qu'a bien compris saint Augustin. Nous sommes si pro-ches du temps qu'il est difficile de le définir. Il faudrait pouvoir se définir pour définir le temps. Ce qui n'est pas possible. Ce qui nous caracté-rise est subjectif, intime, mystérieux. Ce n'est pas objectif comme une carte d'identité.

Le temps est, en ce sens, le temps de la conscience, le temps du moi, le temps de l'intime, la durée chaleureuse des choses et des êtres qui s'étend et se détend. Il est une légèreté

et une liberté. Il est le temps dont je me souviens, le temps que j'imagine, le temps que je vis,
ici, maintenant. Il n'est pas, de ce fait, simplement une absence, un vide, un fossé, un abîme.
C'est aussi une présence, une épaisseur, un
pont. Il existe parce qu'on le fait exister. On le
fait exister par notre présence au passé, à l'avenir, au présent. C'est cela le miracle du temps. Il
est notre capacité de rendre tout présent. Il est
notre propre présence. Et avec notre propre
présence, il est notre capacité de pouvoir
construire le temps et la vie. Pour désigner cette
capacité, saint Augustin a employé le terme de
« distension » : le temps est une distension de
l'âme. Au XVIIe siècle, Newton a utilisé ce même
terme en parlant d'extension. Belle image pour
parler de notre condition. Nous sommes dans
l'espace-temps qui s'étend. Il y a une extension
de l'espace qui donne l'étendue. Il y a l'extension du temps qui donne la durée. Tout s'étend.
En nous. Hors de nous. L'espace-temps est
vivant. Plus qu'on ne le croit. D'où la double
face du temps. Une face extérieure, une face
intérieure. Quand on se situe à l'extérieur de soi
et que l'on se regarde par rapport à la mort, il est
certain que le temps diminue. Quand on se situe
à l'intérieur de soi et que l'on se regarde par rapport à ce que l'on vit, il augmente. Plus le temps
passe, plus la vie s'étend. Il y a, autrement dit, le
temps des morts et le temps des vivants. Le
monde qui envisage les choses de l'extérieur,

« objectivement », « rationnellement », « luci-
dement », évolue dans un temps de mort. Il ne
vit pas le temps. Il compte le temps qui reste à
vivre. Il ne voit pas le temps comme une qualité, mais comme une quantité. Tout le problème
du temps se dessine alors devant nous. Celui-ci
consiste à passer d'un temps à un autre, d'un
temps de mort à un temps de vie. On est là au
cœur du problème de la condition humaine. Ce
problème commence bien avant la vieillesse. Il y
a en chacun de nous la tentation de voir non pas
ce que l'on *est* mais ce que l'on *a*. Cette tentation qui nous enferme dans la tristesse nous vole
notre liberté et notre vie. On retrouve sa liberté
en passant de ce que l'on *a* à ce que l'on *est*. Ce
passage fait les vieillesses réussies. Il fait les vies
réussies. Il fait rencontrer un autre temps.

Enfin, le temps se caractérise par l'autre face
de l'irréversible qui le constitue. On le sait parce
qu'on le vit : le temps qui passe, le temps qui
s'écoule, le temps que les horloges mesurent, le
temps des sabliers. Il est marqué par la notion
d'irréversible. On ne retourne pas en arrière. Il
y a des choses qui ne reviendront plus. Vladimir
Jankélévitch parle à ce sujet de l'irréversible, de
l'irrévocable et de l'irrémédiable. Si l'irréversible désigne ce qui est sans retour possible, si
l'irrémédiable renvoie à ce qui est sans remède
possible, l'irrévocable est ce qui est sans recours
possible. Sans retour, sans recours et sans remède. Voilà le temps. Voilà la vie. Voilà notre

vie. Une vie sans retour, sans recours, sans remède. Reste que l'irréversible a une autre face.

Ne pas revenir en arrière est le signe de ce qui avance et non pas simplement de ce qui est révolu. La flèche que l'archer tire va irréversiblement vers sa cible. Elle ne revient pas en arrière. Et c'est ce qui fait sa force. Le fait que le passé ne puisse pas être revécu est donc une bonne nouvelle et pas simplement une mauvaise nouvelle. Vivons le temps de la sorte. Tout change. La vieillesse change de sens. Elle cesse d'être une irréversibilité dégradante en devenant une irréversibilité ascendante. La vie humaine est une flèche envoyée vers l'avenir. Elle est irréversiblement envoyée vers l'avenir et plus elle vieillit, plus cette destinée se précise. D'où le mystère de la vieillesse. Celle-ci nous dit deux choses. Le déclin bien sûr, mais aussi une ascension. Quelque chose d'essentiel, de décisif est en train de se jouer, quelque chose de vital. Tout ce qui est important dans la vie relève de « l'aller simple ». L'amour, quand il est l'amour, est un « aller simple ». Il ne cherche pas de retour. La vie humaine, quand elle est authentique, ne cherche pas de retour non plus. Elle se veut sans excuse. Elle est un « aller simple ». Il y a quelque chose de radical dans la vie. Nous venons de cette radicalité. La vie n'aurait pas pu exister si on ne venait pas de cette radicalité. La vieillesse qui va vers la mort nous le dit. Elle nous le dit de façon douce, lente, discrète. Les grandes choses se présentent toujours à travers des petites choses. La vie tient à peu de chose. C'est ce qui fait la radicalité de la vie. Il faut un rien pour la détruire. Il ne faut pas grand-chose pour la changer. On est dans l'ordre de l'imperceptible.

Vieillir, mûrir, c'est approcher le grand mystère de l'existence. C'est rentrer en contact avec la radicalité originaire de celle-ci, avec l'absolu originaire. Les poètes en font l'expérience. Comme ils sont sensibles à la vie dont ils aiment le charme, la douceur et la saveur, ils souffrent du temps qui passe et qui fuit. Ils vivent douloureusement l'irréversibilité des choses et ils expriment cette irréversibilité douloureuse par la nostalgie. Mais comme ils ressentent cette douloureuse irréversibilité, ils rentrent en contact avec l'autre face de la vie et du temps. La fuite du temps ne serait pas si douloureuse si la vie n'était pas si belle, si profonde, si radicale, si saisissante dans sa saisissante beauté. En plongeant donc dans la nostalgie, on ne régresse pas. On avance. On va vers le mystère de la vie. Les *Nocturnes* de Chopin nous le murmurent. Si tristes, mais si beaux. Si nostalgiques, mais si profonds. Ils disent le mystère de la vie qui s'avance vers nous à travers le déchirement irréversible de ce qui ne reviendra jamais plus. Lamartine dans *Le Lac* nous le dit, quand il s'écrie : « Ô temps, suspends ton vol et vous heures propices suspendez votre cours, laissez-nous savourer les rapides délices des plus beaux de nos jours. » La beauté s'avance à travers la nostalgie. Elle vient vers nous, tandis que le passé s'éloigne.

Bergson et Proust ont découvert et approfondi cette double face de l'existence. Bergson a découvert la profondeur de la mémoire. C'est, selon lui, le substrat de l'univers. Le passé ne se détruit pas. Il se conserve. Tout se conserve. De plus en plus. Tout est donc inachevé. De plus en plus, puisque tout augmente. Nous ne le percevons pas. Ou plutôt, nous le percevons à l'envers. Comme tout est inachevé et comme tout pèse de plus en plus puisque tout se charge de mémoire, nous ne voyons dans la vie qu'une finitude négative. Nous ne voyons que le poids des ans qui nous limite de plus en plus. Nous ne percevons pas que ce que nous prenons pour un moins est en fait un plus. La vie ne nous soustrait rien. Elle nous augmente. Mais il est inévitable que nous percevions les choses à l'envers. C'est ainsi que nous les vivons. Nous prenons notre vie telle que nous la vivons pour l'être des choses.

Proust en a fait une expérience vivante et cette expérience commande tout le sens de *La Recherche du temps perdu*. On se souvient du problème qui est le sien. Il est enfermé dans un cercle vicieux. Il voudrait écrire, mais il n'y parvient pas. Déprimé du fait du temps qui passe, de la vie qui va inéluctablement vers la mort et qui n'a pas d'autre sens apparent que le néant, il fuit son cafard dans les salons où il perd son temps au lieu d'écrire. Résultat, il est déprimé et comme il est déprimé, il va dans les salons où il perd son temps. D'où le cercle vicieux dans lequel il est enfermé. Plus il perd son temps, plus le temps le perd. Plus le temps le perd, plus il perd son temps. Jusqu'au jour où le temps se renverse. Les jours qui passent fuient. Mais ils s'augmentent en fuyant. Et cette augmentation se répétant, elle devient durée, laquelle est mémoire. Le temps se souvient du temps à travers la mémoire. La vie se souvient de la vie. Un jour, Proust est saisi par cette vie qui se souvient d'elle-même. Il découvre en lui une vie qui se souvient de lui, en retrouvant une sensation perdue de madeleine trempée dans de la tisane. Cela le sauve. Tout n'est pas perdu si la vie est mémoire parce qu'elle dure. Tout est inscrit dans la vie et non dans la mort. On fait donc quelque chose de profond en écrivant. On fait ce que la vie fait. Mieux, on révèle que la vie est vie et non mort.

On peut alors se mettre à vivre. C'est ce qu'a fait Montaigne. Il a envisagé sa vie comme un voyage en faisant de lui-même un « nomade de l'existence ». Il est parvenu à cet état de liberté à la suite d'une profonde transformation. Comme tout adulte, il a pris conscience un jour de la réalité du monde. Réalité changeante, multiple, passionnée, chaotique, terrible parfois, décevante parfois aussi et de toute façon déconcertante, déroutante, désarçonnante. Après avoir douté que l'on puisse parvenir à une vérité quelconque, il s'est ravisé. Vivons le multiple, vivons le chaos, vivons le changement continuel. Ce n'est plus du chaos. Cela devient une histoire à rebondissements dont on est le lecteur-spectateur. On part alors en voyage. On peut changer notre rapport au temps comme à la vieillesse. En faisant comme Montaigne. En partant en voyage.

## La question de la mort

Le temps nous donne une belle leçon de sagesse et de vie. C'est la raison pour laquelle il est notre maître. Il suffit d'en accepter la réalité pour en apercevoir l'autre face. Il suffit d'accepter l'*altération* qui le travaille de l'intérieur pour y découvrir l'*altérité* qui s'y trouve aussi. Le temps qui change est autre, toujours autre. Et étant ainsi toujours autre, il altère tout ce qui est fixe, stable, identique, continu. Il corrompt le même. Il désaccorde ce qui est accordé. Il désunit ce qui est uni. Il brise ce qui est harmonieux. Il emporte tout tel un grand vent, telle une grande bourrasque. D'où notre effroi. Un effroi profondément inscrit dans l'inconscient de la culture, la peur du temps qui corrompt tout étant l'une des plus grandes angoisses de l'humanité, cette peur se matérialisant par la

peur du cadavre et plus encore du cadavre pour-
rissant, grouillant de vers. Le temps a toutefois
une autre face. Comme le dit Héraclite, l'un des
pères fondateurs de la pensée philosophique au
VIᵉ siècle avant Jésus-Christ en Grèce : « Ce qui
désunit unit. » Ce qui change, c'est ce qui se
transforme. Ce qui se transforme, c'est ce qui
dure en prenant une autre forme. Ce qui dure en
prenant une autre forme, c'est ce qui s'enrichit.
C'est ce qui s'augmente. Nous vieillissons, mais
nous augmentons notre mémoire, notre expérience, notre être intérieur. La vie est un
échange. Si l'on n'a rien sans rien, on ne perd
pas rien en échange de rien. Si rien ne se gagne
sans que l'on perde quelque chose, rien ne se
perd sans que l'on gagne quelque chose. On
découvre cet échange profond en passant par le
réel. Un tel passage est la grande affaire de la vie,
qui peut être comparée à une épreuve initiati-
que.

Comme le souligne Alain, ce grand penseur
des années 1930, dans *Les Dieux*, un enfant croit
à la magie de l'existence. Il n'a pas à travailler.
Tout lui arrive tout cuit dans son assiette par la
sollicitude de l'amour maternel. Un jour, il cesse
de croire à la magie de la vie. Il doit travailler. Il
cesse de recevoir, mais doit donner. Il doit se
confronter à la difficulté du travail, de la société,
des responsabilités sociales, de la vie économique. Il ne rêve plus. Cela ne veut pas dire que la
vie n'a désormais plus de sens. Elle a un sens

autre. L'enfant qui était passif est devenu actif. C'est lui qui donne désormais. C'est par lui que la magie arrive dans le monde. La magie de l'existence n'a pas cessé. Elle a pris une autre forme. L'adulte qui a succédé à l'enfant est devenu le médiateur de cette magie. Il est devenu son producteur, son collaborateur, son témoin, son associé. La vie est, autrement dit, toujours magique. Il y a toutefois plusieurs points de vue possibles sur cette magie. On peut la recevoir. Ce que fait l'enfant. On peut la donner aux autres. Ce que fait l'adulte. Le passage de la passivité à l'action se fait par la perte de l'enfance et l'entrée dans l'âge adulte et dans le monde du travail. Il se fait par l'entrée dans le réel, qui est le domaine où l'on réalise, l'activité de réaliser donnant la « réalité ». On pense que la vie n'est plus rien quand on quitte la magie de l'enfance. On n'aperçoit pas qu'il y a un passage, une mutation. En se séparant de l'enfance, on s'unit à la richesse de l'existence. On s'unit à sa liberté d'homme. Quand on pense que la réalité est vide parce qu'on n'y retrouve pas la magie de l'enfance, c'est l'enfant qui crie en nous. Quand on aperçoit que perdre la magie de l'enfance permet de rencontrer la magie de l'action et de la liberté, c'est l'adulte qui parle en nous. Ce passage de l'enfance à l'âge adulte permet de comprendre ce que mûrir veut dire. Mûrir ne veut pas dire tuer la magie de l'existence, mais la retrouver autrement, la vivre d'un autre point de vue.

C'est cette maturité qui fait envisager le temps sous un autre angle en faisant apercevoir une irréversibilité créatrice derrière l'irréversibilité destructrice. Le langage l'exprime fort bien quand il parle d'avancer en âge pour qualifier le fait de vieillir. On avance quand on vieillit. On ne fait pas que reculer. La vieillesse n'est pas simplement la jeunesse qui recule. Elle est le temps qui avance. Cela permet de percevoir la mort sous un autre angle.

La mort n'est pas simplement ma mort, ni ta mort, ni sa mort. C'est « la mort ». Il y a là un phénomène radical, absolu, qui n'est pas sans signification. Un jour, tout s'arrête. Certains penseurs comme Épicure pensent que ce coup d'arrêt où plus rien ne se passe signifie le rien, et rien que le rien. Ils pensent que la mort est vide du fait qu'il ne se passe rien. Ils oublient que ce rien est un rien absolu et pas simplement un vide banal. La mort n'est pas rien. Elle est une façon qu'a l'absolu de se présenter à nous. Nous sommes reliés à une dimension absolue, bien plus que nous ne le pensons. Et la mort nous le dit. Si la mort n'était rien, rien ne serait quelque chose et il n'y aurait rien. Il y a quelque chose, parce que rien n'est rien. Même le rien. Surtout le rien. Tout est important et c'est le rien qui nous le montre. La mort est en ce sens le paradoxe des paradoxes. Elle est ce moment crucial de

l'existence où l'on vérifie que l'existence est bien
« quelque chose » et non rien. Il faut mourir
pour s'apercevoir que la vie est quelque chose.
Si l'on ne mourait pas, si rien ne mourait, on ne
s'en apercevrait pas. D'où le mystère de la mort.
Si la vie ne s'appuie pas que sur elle, quelque
chose de la vie le fait. La mort est quelque chose
de vivant. Elle porte le sens de la vie, sa valeur
infinie.

Car la mort ne fait pas rien. Outre qu'elle
fonde la valeur infinie de tout ce qui vit, elle
fonde aussi la conscience, notre conscience, la
conscience du monde. Nous rentrons dans le
domaine de la conscience et de l'esprit le jour où
nous avons conscience de notre mortalité. Qui a
conscience que la vie est précaire, fragile, vulnérable, qui a conscience que la mort peut surve-
nir d'une seconde à l'autre, prend conscience de
lui-même en étant obligé de faire attention à lui.
Il prend également conscience d'autrui en étant
obligé de faire attention à l'autre. Il prend
conscience de la valeur de la vie, chaque instant
de la vie étant unique, tout pouvant disparaître
d'une seconde à l'autre. Il ne faut pas grand-
chose pour que la vie cesse. Un rien peut tuer un
être humain.

La mort qui est un absolu, une radicalité, se
décline dans nos vies à travers notre mortalité, la
mortalité de l'autre, la mortalité de toutes
choses. La mort étant possibilité de la mort, elle
est une possibilité et ouvre, en ce sens, l'univers

des possibles. Elle est la façon dont le possible nous parle. S'il faut que les choses aient la possibilité de vivre pour vivre, il faut qu'elles aient la possibilité de mourir pour vivre également. Sans vie, pas de possible. Sans mort non plus.

On touche là à l'étrangeté de nos vies. Notre existence repose sur la vulnérabilité. Mortels, nous pouvons être blessés. Nous sommes vulnérables. Vulnérables, nous sommes obligés de nous protéger. Et, de fait, nous nous protégeons. Notre mortalité, notre vulnérabilité nous protègent. La vie nous conserve en nous exposant. Elle nous rend forts parce qu'elle fait de nous des êtres fragiles. Cela invite à avoir un autre regard sur la vieillesse, qui est un âge de vulnérabilité.

Au commencement de la vie, les enfants sont vulnérables. Nouveaux dans l'existence, ils accueillent tout. C'est ce qui les rend vulnérables. C'est aussi ce qui les rend forts. Comme ils sont exposés, ils reçoivent des informations multiples. Comme ils reçoivent des informations multiples, ils sont exposés. À la fin de la vie, les personnes âgées sont aussi vulnérables. Elles sont autrement vulnérables que les enfants. L'exposition n'est pas la même. L'information non plus. Si les enfants sont exposés au monde horizontal des hommes, les personnes âgées sont exposées au monde vertical de l'absolu. Alors que les enfants sont confrontés à la réalité de la vie, les personnes âgées sont confrontées à l'absolu de la vie. D'où leur vulnérabilité. Elles sont exposées, puisqu'elles sont exposées à l'absolu qui se précise de plus en plus au fur et à mesure que l'heure de la mort approche. D'où leur vulnérabilité. Mais elles reçoivent en retour quantité d'informations. Elles reçoivent ces informations à travers le mystère de la vulnérabilité.

S'il y a dans la vie des moments d'intensité forte, il y a des moments d'intensité faible. Les deux sont nécessaires. Il faut être intense pour agir. Il faut notamment avoir un moi fort. C'est ce que fait l'adulte. C'est ainsi qu'il peut agir, travailler, lutter, s'imposer, imposer quelque chose. On ne peut pas toutefois vivre constamment dans cette intensité forte, sinon on cesse d'être dans l'intensité pour basculer dans la violence. Il faut savoir recevoir et pas simplement donner. On apprend à recevoir en baissant l'intensité de son moi. Cette baisse d'intensité fait rentrer dans des zones d'intensité faible. On vit de façon diminuée. La mentalité occidentale qui est conquérante pense qu'il ne se passe rien dans ces moments de faiblesse. Elle n'aperçoit pas que cette vie diminuée est une vie de grande réceptivité. Qui diminue son moi conquérant augmente sa perception de l'absolu. L'Orient, et plus précisément le taoïsme chinois, a le sens de cette vie diminuée. Il pense avec la faiblesse. Il n'oppose pas le fort au faible, comme nous le faisons, ni le vieux au jeune. Il pense qu'il n'y a pas de fort sans faible ni de jeune sans vieux. Il faut s'affaiblir si l'on veut pouvoir se renforcer. Il faut vieillir si l'on veut pouvoir rajeunir. Il faut devenir vulnérable à l'absolu si l'on veut pouvoir rentrer dans ce monde. Ainsi fait la vieillesse qui se fragilise en apparence. Elle maintient l'équilibre du monde en se verticalisant dans l'invisible.

Cela permet de comprendre pourquoi toutes les traditions de sagesse recommandent de mourir à notre ego. Il ne s'agit pas là simplement d'une recommandation sociale et morale visant à s'intéresser à autrui plus qu'à soi. Au contraire. Il s'agit d'une invitation à s'intéresser vraiment à soi, ce qui est plus social et moral qu'on ne le pense. Si nous demeurons enfermés dans un ego fort, ignorant la vie de faible intensité, nous ne connaîtrons jamais la dimension absolue de l'existence. Nous ne comprendrons pas la valeur infinie de la vie. Et, de ce fait, nous périclitrerons sur ce plan. Nous deviendrons spirituellement « vieux ». C'est là le grand mystère de la vieillesse. C'est la raison pour laquelle au Japon les personnes âgées sont des porte-bonheur. Ce sont des porte-bonheur spirituels. Nous sommes donc vieux quand nous refusons de vieillir, d'aller vers des zones de moindre intensité. Nous sommes jeunes quand nous acceptons cette aventure. Nous sommes alors vraiment morts à notre ego. Et nous faisons cette découverte : nous passons d'une jeunesse à une autre. Pas besoin de vendre son âme au diable, comme

Faust, afin de rester jeune. Il suffit de vieillir, de vraiment vieillir, en comprenant ce que cela veut dire. Vieillir ainsi permet de réussir sa vie et avec elle de réussir sa mort. Tant il est vrai qu'on peut la rater. On la rate quand on n'a pas opéré sa mutation intime en rentrant dans le mourir. On bascule alors dans le périr. On est dans le mourir quand on épouse sa vulnérabilité grandissante. On est dans le périr quand on refuse cette pente en s'accrochant désespérément au temps qui fuit, en espérant le rattraper. Faust meurt de ne pas vouloir mourir. Il vieillit de ne pas vouloir vieillir. Qui va contre la vie profonde voit la vie se retourner contre lui. C'est ce qui fait qu'il périt. Qui épouse la vie ne voit rien se retourner contre lui puisqu'il épouse la vie. On périt de ne pas mourir. On ne périt pas de mourir. On ne périt pas parce que l'on a compris l'essentiel. On voit la vie autrement. On l'envisage comme une transformation, une mutation, un passage d'un plan à un autre, une entrée dans une dimension plus vaste et non comme un processus linéaire se résumant à un début et une fin. On peut alors s'ouvrir au mystère qu'il y a derrière le mourir et qui est celui de la transmission.

## La transmission et son souffle

On transmet quand on meurt. Ce qui n'est pas rien. On a reçu la vie. On la redonne. On devient un collaborateur de la vie en agissant ainsi. On permet à la vie, en se retirant, de renouveler ses forces. On contribue à la jeunesse de l'humanité, à sa vie, à son élan. Les biologistes qui étudient la vie nous expliquent que l'individu, le sexe et la mort sont inséparables. La mort n'est pas stérile. Elle a pour autre face le sexe et l'individu, c'est-à-dire la vie.

La vie aurait pu se produire par simple duplication du même. Elle a choisi de se reproduire par la sexualité afin de passer par l'autre. Avec la sexualité, la reproduction ne devient plus évidente. Il faut que deux êtres de sexe différent se rencontrent. Il faut que cela marche entre eux. Il y a une marge d'incertitude. Mais il y a aussi beaucoup de richesse derrière cette incertitude. Il est plus riche de se reproduire ainsi que de dupliquer du même.

La mort se comprend dans cette stratégie de la vie et de la sexualité. Pour qu'il y ait sexualité, il faut qu'il y ait des individus et de la mort. Il faut que ce soient des individus mortels qui se reproduisent. Ainsi, le renouvellement est toujours assuré. Ce n'est jamais le même qui est dupliqué. On peut dire, en ce sens, que la mort est une ruse qu'emploie la vie pour se démultiplier. La mort est une ruse qu'emploie l'Autre pour éviter la perpétuation du Même.

Cet été de la vie et, en son sein, de la relation entre la vie et la mort, est riche de plusieurs enseignements. La mort est quelque chose de

vivant. Là où il y a de la mort, il y a de la vie. En
outre, on ne fait pas rien en mourant. On participe à une œuvre de transmission et de renouvellement. Ce dont bien des personnes âgées ont
conscience, ce qui les aide à mourir. Elles partent, disent-elles, mais d'autres, après elles, vont
continuer la diffusion de la vie. Enfin, la mort
conserve la vie. Imaginons que personne ne
meure. L'humanité ne pourrait pas survivre.
Elle serait envahie de vieillards que les jeunes
n'arriveraient pas à nourrir. La mort, autrement
dit, est un don que le vivant qui meurt fait aux
vivants, après avoir lui-même reçu sa vie d'autres
qui sont partis avant lui.

Il est précieux d'avoir cette vision globale présente à l'esprit. Elle permet d'apercevoir qu'en
fait il n'y a pas de mort. Il y a de la nouveauté à
l'œuvre. Il n'est certes pas facile de parvenir à
une telle conscience. Il faut avoir dépassé son
ego. Quand on aperçoit la vie à partir de lui, elle
est angoissante, absurde, insupportable. La vie
semble cruelle en tuant ce qu'elle fait naître.
C'est la conclusion à laquelle parvient le mar-
quis de Sade dans ses romans. Il faut tout un travail de pensée pour s'apercevoir qu'il n'en est
rien. Quelqu'un qui quitte cette vie ne fait pas
rien. Il opère dans les profondeurs un grand
geste de transmission. On sait que presque tous
les êtres humains passent par des temps de déni,
de révolte et de désespoir, jusqu'à ce que
l'acceptation vienne en apportant avec elle

apaisement et sérénité. On passe alors au niveau
des grandes transmissions. Un niveau qui
débouche sur cette découverte : il n'y a que de
la vie au sein du temps et la mort ne prend pas
la vie. Nul besoin, dans ces conditions, d'être
révolté par la mort et de l'étrangler en cultivant
une sagesse hédoniste, comme invite à le faire
Michel Onfray. C'est l'ignorance qui est révoltante, non la mort. Souvenons-nous de Montaigne. Qui apprend à mourir désapprend d'être
esclave. Ce n'est pas la mort qui fait mourir le
sage, mais le manque de sagesse. Regardons la
vie. Nous vivons des deuils, certes, mais ces
deuils sont vivants. On perd son enfance, sa jeunesse, sa vie d'adulte. Un jour on perd tout, mais
en perdant ainsi tout, on devient tout. On est
libre de tout. Libre de l'enfance, de la jeunesse,
de la vie d'adulte, de la vieillesse, du monde. On
repose dans l'être. C'est ce que font les défunts.
Ils reposent dans l'être. Et les vivants reposent
sur eux. On le voit sur le visage des défunts. Ils
reposent. J'ai vu ce repos des visages à l'occasion
d'une extraordinaire exposition qui se tenait à
Lisbonne, dans le château d'eau qui domine
toute la ville. Une photographe allemande avait
photographié des visages de personnes avant
leur mort et après. Avant les visages étaient
tendus, noués, parfois tordus. Après, ils étaient
calmes, apaisés, nobles, beaux et sereins comme
un ciel après l'orage. Mystère de ces visages
reposés sur lesquels nous reposons invisiblement.

Mystère faisant penser à ce sens de la vie, si présent dans le judaïsme. Témoin le mot mort, qui
signifie en hébreu la mutation, donc le commencement de quelque chose de nouveau à l'occasion d'une fin. Signe d'ouverture. Tout est vu à
partir du commencement. C'est lui qui est la
vérité de toutes choses. Avoir perdu le sens des
commencements, voilà la mort. Avoir à l'inverse
le sens des commencements change la face de la
mort. Il n'y a plus de mort quand la mort est
associée au commencement. Il y a la vérité. Les
visages entrevus à Lisbonne murmuraient une
vérité que notre monde a du mal à entendre.
Ils murmuraient la vérité de l'être. L'être avait
commencé à faire son œuvre en eux. Aussi Spinoza n'a-t-il pas tort de rappeler que nous
sommes liés à l'éternité – bien plus que nous ne
le pensons. Le visage reposé des défunts nous
l'enseigne. L'expérience de la pensée également.
« Nous expérimentons que nous sommes éternels », nous dit-il. Nous le faisons, quand nous
apercevons qu'il y a quantité de vies derrière la
vie apparente que nous ne voyons pas. Ainsi,
derrière l'enfance se trouve la jeunesse et derrière la jeunesse, l'âge adulte. Un enfant ne ressemble pas à un adulte ni un adulte à un enfant.
Pourtant, il s'agit de la même personne. Cette
identité est notre éternité.

Une vie se cache derrière notre vie. Il s'agit de
la vie avec l'âme qui est la même chose que la vie

avec la pensée. Mettons-nous à penser, c'est-à-dire à méditer. Nous allons rentrer dans l'intemporel. Nous allons faire vivre l'intemporel. Nous allons découvrir un nouveau corps. Le corps de la vie avec âme, qui est notre corps intemporel. Nous allons rentrer dans l'éternité ou plus précisément dans la vie éternelle. Spinoza parle de la vie éternelle plus que de l'éternité, cette vie éternelle n'étant ni l'éternité ni l'immortalité.

Si l'éternité est ce qui n'a ni début ni fin, l'immortalité est ce qui a un début et pas de fin. Si l'éternité concerne l'Être et l'immortalité l'Homme, la vie éternelle concerne la rencontre entre l'Être et l'Homme. On est dans la vie éternelle, par exemple, quand on pense à ce qu'est la destinée de la vie. Celle-ci vient de loin. Elle est le résultat d'une évolution qui se perd dans le mystère de l'Être. Et elle est appelée à aller loin en étant destinée à faire encore grandir le mystère qui vit en elle. Le mystère n'a ni début ni fin. Il a été. Il est. Il sera. Rentrons dans le mystère, nous rentrons dans l'éternité. Rentrons dans l'éternité, cela se traduit dans notre corps. Nous acquérons un corps lumineux, plus vivant que notre corps.

Le mystère est le paradigme de l'éternité. Il est l'éternité de toutes les éternités, sachant qu'il n'y a pas qu'une éternité. Toutes les choses importantes de la vie sont porteuses d'un mystère. Toutes sont porteuses d'une éternité. Il y a

une éternité de l'amour entre deux êtres. Cette
éternité vient du mystère de la rencontre. Soudain l'être aimé apparaît et l'on est foudroyé.
Pourquoi apparaît-il ? Mystère. Nous sommes
nés d'un mystère. Nous naissons toujours d'un
mystère. Avant même d'être là, nous étions là,
dans la lueur d'amour des yeux de nos parents
désireux de s'aimer, de s'unir, de fonder un
foyer, de donner la vie. Et après notre mort,
notre mémoire s'inscrit dans la mémoire de la
vie, du monde et des hommes. Quelque chose la
fait vivre, aussi minime soit-elle. Autre mystère.
   On ne sait jamais quand l'amour commence
ni quand il finit. On ne sait jamais non plus d'où
viennent les choses importantes de la vie et où
elles vont. C'est ce qui fait que l'univers, le
monde, la vie, l'humanité, l'esprit de l'humanité
sont inexplicables. C'est la raison pour laquelle
on n'arrête pas de les interpréter et de les expliquer. Et qu'en agissant de la sorte un renverse-
ment s'opère. C'est le mystère qui nous déchiffre
plus que nous ne le déchiffrons.
   La vie devient vivante quand elle devient
importante, quand tout devient important en
elle. Il y a en ce sens une éternité de la vieillesse
comme une éternité du mourir. Posons le vieillir comme quelque chose d'important, comme
une œuvre. On rentre dans le mystère du vieillir
qui est important. Même chose pour le mourir,
qui est lui aussi une œuvre. Lui aussi nous fait
rencontrer l'éternité, du fait de son importance.

Rentrons dans l'amour comme mystère, en rentrant dans l'œuvre amoureuse, on rentre dans l'amour universel. On cesse d'être seul. On aime avec tout ce qui aime. Rentrons dans le vieillir et le mourir comme œuvres. On rentre dans le vieillir et le mourir universels. On vieillit avec tout ce qui vieillit et on meurt avec tout ce qui meurt.

Le mystère qui est l'essence de la vie fait la profondeur bouleversante de la rencontre avec un visage, de visage à visage. Qu'un corps par son visage échappe au corps pour nous dire l'extrême beauté, l'extrême fragilité, l'extrême humanité de notre condition est un fait vertigineux. Il dévoile que, dans la création, la vie est transcendance en étant incarnation. La vie est ineffable tout en étant charnelle. On est là dans le mystère de la beauté et de la contradiction de l'existence. La vie est présence et absence de la transcendance. Vivons la présence. On débouche sur l'absence du transcendant. Vivons l'absence, on débouche sur sa présence. Il réapparaît quand l'action s'efface, parce que la vie décline et qu'elle se remplit des lueurs du jour qui décline.

Le mystère vécu ainsi au cœur de notre incarnation, dans la fragilité extrême des derniers instants, nous fait entrevoir un autre rapport à notre condition. Tout œuvre vers le devenir dans le silence et la patience d'une vie qui se déroule apparemment dans un dénuement de plus en plus grand, parce que en réalité elle se charge d'essentiel, de densité, d'épaisseur. Quand on l'a compris, on cesse de dire non. On dit oui à ce devenir mystérieux qui nous emporte. Et, le faisant, on entrevoit ce que la résurrection peut être. La vie des profondeurs est là. Inaccomplie. En vivant jusqu'au bout notre fragile existence nous la faisons ressurgir. Nous la ressuscitons. Elle n'apparaissait pas faute d'être accomplie. En vivant jusqu'au bout, on la fait surgir. Et la faisant ressurgir, on peut dire comme Christiane Singer l'a fait, parce qu'elle l'avait vécu : « Tout est vie. »

# Accomplir

*Il y a un moment pour tout et un temps pour toute chose sous le ciel.*
*Un temps pour enfanter, et un temps pour mourir ;*
*un temps pour planter, et un temps pour arracher le plant.*
*[...] Un temps pour chercher, et un temps pour perdre ;*
*un temps pour garder, et un temps pour jeter.*

L'Ecclésiaste, 3, 1-8.

## Marie de Hennezel

En prenant de l'âge, en avançant vers la fin de sa vie, on vit ce paradoxe : l'homme extérieur décroît, l'homme intérieur croît. C'est le sens de la parole de saint Paul dans l'épître aux Corinthiens : « Tandis que notre homme extérieur s'en va en ruine, notre homme intérieur se renouvelle de jour en jour. »

C'est ce que nous voyons, ce que nous constatons. De même que nous observons la croissance ou la décroissance de la lune, alors qu'en fait elle reste entière. De la même façon, notre décroissance, en vieillissant, est un effet d'optique. En réalité, notre être reste entier, mais ce n'est pas visible.

## Ce qu'accomplir veut dire

Parlons donc de ce paradoxe si bien formulé par saint Paul. Nous, les psychanalystes, nous disons « Qui perd gagne » pour désigner ce double mouvement de la perte et de ce qui advient d'inattendu, de nouveau, dès lors que l'on accepte de perdre. « Qui perd gagne », c'est la problématique du deuil. Et nos vies sont jalonnées de deuils. Lorsque l'individu accepte ce que Lacan appelle la « castration symbolique », lorsqu'il accepte que les choses ne se déroulent pas toujours comme il le voudrait, lorsqu'il accepte l'impermanence des choses, alors il reste un être de désir. Il reste vivant.

Vivre ses deuils, c'est passer son temps à lâcher pour laisser advenir ce qui arrive. Cette acceptation du changement est un chemin, avec ses étapes que nous connaissons bien. La dénégation, c'est le fait qu'on n'y croit pas trop, on essaie de mettre cela de côté, et puis la réalité s'impose. Et il arrive un moment où l'on est obligé de la voir en face. Là, toutes sortes d'émotions nous traversent, il peut y avoir de la colère, des moments de tristesse, de dépression. Puis on lâche prise, on accepte.

Dans l'avancée en âge, il nous faut épouser les moments où l'on est déprimé et triste. Puisqu'ils font partie du chemin, ils font partie du travail. Et quand on épouse les moments de dépression, on les traverse. La dépression des seniors est très répandue, mais elle est souvent masquée. Le seniors se plaignent de fatigue, de douleurs articulaires, d'insomnies. En fait, ils sont tout simplement déprimés, parce qu'ils se rendent compte qu'ils passent dans la deuxième moitié de leur vie. Ils observent que déjà ils ne peuvent plus faire les mêmes choses qu'avant, ils constatent le vieillissement de leur visage et de leur corps, lorsqu'ils se regardent dans le miroir. Il leur faut en effet renoncer à leur jeunesse. Mais cette dépression est bénéfique. « Bienheureuse dépression ! » disait Élie Humbert, auprès de qui je suivais une analyse jungienne. Bienheureuse dépression qui oblige à s'intérioriser, à aller chercher des ressources profondes au fond de soi ! Cela ne veut pas dire qu'il faille l'ignorer et ne pas la soigner. Au contraire, dire à une personne qui vient de prendre sa retraite et qui plonge dans cette dépression du passage à la moitié de la vie : « Tu vis un chamboulement profond, car tu te prépares à une vraie mutation », c'est l'aider à comprendre ce qui lui arrive et à le traverser. Il vaut mieux traverser une dépression autour de la soixantaine et la vivre, que de refouler son mal-être. Car il ressurgira plus tard, lorsqu'on aura 80 ou 90 ans, et alors la dépression se transformera en désespoir ou bien en confusion mentale. Les psychologues voient dans les maisons de retraite les ravages de ce retour du refoulé. Les émotions et l'angoisse, qui auraient dû s'exprimer à 60 ans, affluent et le psychisme des personnes très âgées n'est plus capable de les accueillir et de les transformer.

## Le sacrifice du Moi au Soi

Donc, n'ayons pas peur de traverser une dépression lors du passage au troisième âge et d'épouser notre tristesse ! Carl Gustav Jung nous offre un modèle conceptuel très intéressant pour comprendre cette mutation du mitan de la vie. Le « processus d'individuation » fait passer l'individu de l'homme extérieur à l'homme intérieur. C'est à une mutation psychique qu'il invite. La première moitié de la vie serait consacrée à l'affirmation du moi, du moi conscient, de l'ego, avec les buts qui lui sont propres : construire sa carrière, construire une famille, réaliser une œuvre. Le but de la première partie de la vie est égotique. Il s'agit de réaliser ses projets, ses ambitions, d'affirmer son Moi. Notre monde de la

performance, de l'effectivité, de la rentabilité
valorise ces buts. Il est nécessaire de mettre son
énergie vitale au service de cet objectif si l'on veut
vivre avec son temps. Et plus pleinement on vit
cette première moitié de sa vie, mieux on passe à
la deuxième, au processus de l'individuation.

La deuxième partie de la vie a un but différent : il est spirituel. Jung dit que l'énergie vitale
se met progressivement au service du Soi, c'est-
à-dire de l'intériorité. Le Moi se sacrifie au Soi,
précise-t-il.

Alors on me dira : « Qu'est-ce que cela veut
dire, première moitié de la vie, deuxième moitié
de la vie ? Comment savoir où l'on se trouve
puisqu'on ne connaît pas l'heure de sa mort ? »
Effectivement, personne ne peut vraiment savoir.
Mais convenons qu'après 50 ans, il y a de fortes
chances d'avoir passé le mitan de sa vie.

La deuxième partie de la vie est donc caracté-
risée par un changement de cap. Le Moi, on l'a
dit, se sacrifie au Soi. Il faut entendre « sacrifice » dans le sens étymologique de « faire
sacré ». C'est effectivement une tâche sacrée que
d'accepter, à travers tous ces deuils, cette érosion du Moi. Mon amie Christiane Singer, brillante écrivain, non moins brillante conféren-
cière, avait un Moi très affirmé. C'était une
femme de théâtre. Quand on la voyait monter
sur une scène, on sentait cette force de l'ego,
qu'elle mettait par ailleurs au service de sa mission d'oratrice et d'enseignante.

Ce qui est étonnant, quand je l'ai rencontrée à la fin de sa vie, c'est qu'elle venait de vivre en six mois son processus d'individuation. Un condensé de cette érosion de l'ego ! Ce que d'autres vivent sur vingt, trente, quarante ans, elle l'a vécu les six mois de sa fin de vie. Moi qui la connaissais dans la splendeur de son charisme, j'ai rencontré une femme rendue humble par la maladie, une femme dont l'ego avait été complètement brûlé. Mais qui rayonnait d'une autre énergie, beaucoup plus subtile. Une femme dans le visage duquel on voyait l'âme.

On comprend alors pourquoi tant de philosophes et de sages ont osé parler de l'avancée en âge comme d'une « entreprise de renaissance ».

Le but de l'énergie vitale, nous dit Jung, est de parfaire son Être. J'aime beaucoup cette citation de Michel Serres : « Tu n'as plus désormais à produire mais à découvrir le vrai grain de ta vie. » Ne plus produire mais découvrir.

## Rencontrer son « ombre »

Cependant, il s'agit d'un travail. Cela ne se fait pas tout seul. Un travail d'acceptation, de lâcher prise, certes, mais un travail sur ce que Jung appelle l'*ombre*. Tout ce qui est resté dans l'ombre : tout ce que l'on a rejeté, refoulé, mais aussi tout ce qui n'a jamais eu la chance d'être développé. L'*ombre* recèle tout le négatif en soi mais aussi tout le potentiel. Une femme vient de me parler de son père, atteint de la maladie d'Alzheimer, et qui est devenu tendre et affectueux comme il ne l'a jamais été. Il s'agit d'une remontée de l'*ombre*. Sans doute à cause de son éducation, il avait réprimé cette dimension de sa personne.

J'en suis absolument convaincue, il est important de prendre conscience de son *ombre*. Peu importe la manière dont on va le faire. Mes consœurs psychanalystes me disent que de plus en plus de personnes de plus de 60 ans viennent les consulter pour « faire un travail » sur elles. Aller à la rencontre de son *ombre* en fait partie.

Je me souviens d'une conversation avec Hubert Reeves, il y a quelques années. Nous avions déjeuné ensemble : « Ma meilleure amie était quelqu'un d'extrêmement intelligent, extrêmement brillant. Quelqu'un de délicieux, et soudain, à un moment de son vieillissement, elle est devenue quelqu'un que je n'ai pas reconnu. Elle est devenue quelqu'un d'affreux. Injuriant son entourage, agressive, bête. Tout l'inverse de ce qu'elle avait été ! » Et de conclure : « Vous voyez, ça, c'est d'une cruauté épouvantable. Une personne intelligente et fine qui devient un personnage grossier à la fin de sa vie ! Là, il y a quelque chose que je ne peux pas admettre, que je refuse. Et je ne veux pas cela pour moi-même. Je ne veux pas ! » C'est la raison, m'a-t-il alors confié, pour laquelle il avait adhéré à l'ADMD, l'Association pour le droit de mourir dans la dignité.

Ce qu'Hubert Reeves raconte, je l'ai vu trop souvent. Ces remontées de l'*ombre* tellement douloureuses pour l'entourage !

C'est pour cela que nous avons la responsabilité de travailler sur notre *ombre*, pour qu'elle ne nous rattrape pas. À coup sûr, elle nous rattrapera ! On ne peut pas se dire : « J'y échapperai », ce n'est pas vrai. Vous avez des personnes qui vieillissent très, très mal et qui sont très, très mal dans leurs derniers moments à cause de cela. Je l'ai dit plus haut, un des refuges possibles peut être de sombrer dans la démence ou dans la confusion. Certaines personnes se réfugient dans cette forme de folie parce que alors elles sont moins lucides et moins conscientes de ce qui remonte.

J'ai déjà souligné combien cette remise en ordre de sa vie était une étape nécessaire du mûrissement. Une vie accomplie est une vie apaisée. On peut contempler son passé, se pardonner ses échecs, ses erreurs, pardonner aux autres et leur demander pardon.

Dans ma pratique de psychothérapeute, j'ai rencontré beaucoup de dépressions liées aux rancœurs et rancunes du passé. Je proposais à mes patients d'écrire, de jeter sur une feuille de papier tout ce qu'ils avaient sur le cœur. Tout ce qui remontait. Le seul fait d'écrire permettait une mise à distance.

Autant le contrôle et la maîtrise sont des valeurs importantes pour réaliser les objectifs de la première partie de la vie, autant ces valeurs deviennent des obstacles dans la deuxième partie. Il est donc sage de renoncer à tout contrôler.

## S'éveiller au nouveau

En vieillissant, il faut s'alléger. Renoncer à beaucoup de choses dépassées. Cela fait de l'espace pour tout ce qui reste à découvrir. La tâche de la deuxième moitié de la vie n'est-elle pas de s'éveiller au nouveau ? « Il est possible que le paysage intérieur de la personne âgée, aride et glacé, connaisse un nouveau printemps qui ne sera pas un réveil de toutes les forces juvéniles. Mais un réveil à une tout autre vie dans laquelle il n'est plus question de faire mais d'être, au-delà du temps », écrivait Durkheim, le sage de la Forêt-Noire.

On se demande alors : que peut-on découvrir de nouveau, lorsqu'on a 80 ans ou 90 ans ? Les exemples pullulent de personnes limitées dans leur corps, et par conséquent limitées dans ce qu'elles peuvent faire, et qui, à cause de cette limitation, découvrent en elles des facultés nouvelles. Elles sont assignées à un espace restreint, leur lit, leur fauteuil, et cependant elles ont la liberté de « transfigurer » leur perception des choses. Benoîte Groult parle de « la joie des

voyages immobiles ». Ram Dass, un sage cali-
fornien, immobilisé dans son fauteuil roulant à
la suite d'un accident vasculaire cérébral, dit
qu'il aime qu'on le pousse et qu'on le porte.
Pourquoi l'imaginaire nous a-t-il été donné ?
Pourquoi avons-nous une capacité de voyager
en pensée, de retourner en pensée dans des en-
droits que nous avons aimés ? J'ai beaucoup utilisé avec mes patients le rêve éveillé. Évoquer un
« lieu sûr » que l'on a connu, un endroit dans
lequel on s'est senti bien, paisible, heureux, en
sécurité. Cela peut être un lieu réel ou un lieu
imaginaire, un lieu qui existe dans le présent, ou
un lieu qui a existé, un lieu où l'on se sent chez
soi. Puis se transporter en pensée dans ce lieu et
ressentir tout ce qu'il communique.

Combien de fois ai-je invité des personnes
paralysées dans leur lit à se servir de leur imaginaire pour retourner dans leur « lieu sûr ».
Voyager en pensée. Et elles m'ont raconté ce
qu'elles éprouvaient, ce qu'elles ressentaient,
quelles étaient leurs sensations. Il peut y avoir
une expérience extrêmement sensible et même
sensuelle, voire très physique, à retourner en
pensée, en imagination dans son lieu sûr.

Ce qui se développe donc, par un éveil des
sens et des facultés perceptives, dans cette phase
de la vie, c'est une liberté inouïe. Non pas la
liberté de *faire*, mais la liberté d'*être*. Cette limitation de l'homme extérieur est compensée par
le développement de l'homme intérieur.

Je l'ai compris le jour où j'ai rencontré, sur un chemin de randonnée en Suisse, un vieil homme qui montait au Weisshorn, un hôtel perché sur un des sommets qui surplombent la vallée de l'Annubier. J'étais moi-même assise sur un tronc d'arbre, reprenant mon souffle, lorsque j'ai vu déboucher du chemin un homme qui devait avoir 80 ans. Il marchait très lentement et semblait essoufflé. Il est venu s'asseoir à côté de moi et nous avons entamé une conversation. J'ai appris qu'il faisait cette excursion tous les étés depuis l'âge de 30 ans. Cinquante ans qu'il montait au Weisshorn ! « Mais je vis les choses très différemment maintenant, m'a-t-il dit. Lorsque j'étais jeune, mon but était d'arriver en haut le plus vite possible. Je fonçais. Je ne voyais rien. Maintenant, je mets cinq, six, voire sept heures à monter. Je marche très lentement, je m'arrête souvent pour reprendre mon souffle. Mais je vois, j'apprécie ce que je ne savais pas voir ni apprécier lorsque j'étais plus jeune. » Il me décrit alors la manière dont il regarde les bas-côtés du chemin, nomme les fleurs, les bruits qu'il capte, celui des cascades, celui des cloches accrochées au cou des vaches. Il me décrit une expérience qui n'a plus rien de sportif, mais qui est au contraire contemplative. Sa façon de marcher est devenue contemplative ! Elle s'accompagne d'élans de gratitude. « Regardez, comme elle est belle cette vallée ! Quand je vois cette beauté, je sens monter en moi des mercis, merci à la vie, merci d'être vivant, merci d'être encore là ! Comme je suis heureux d'être en vie ! » Et il a ajouté en me montrant des petites pyramides de pierre : « Vous voyez ces petits *chortens* ! Chaque année je rajoute ma pierre à moi. »

Dans l'expérience de ce vieux marcheur, tout est là. L'extraordinaire liberté spirituelle de l'homme intérieur ! Certes, il ne peut plus courir comme lorsqu'il était jeune, certes il se fatigue vite, certes il s'essouffle ; mais il expérimente une ouverture, une dilatation, une plénitude de l'âme. Ces facultés de contemplation, d'émerveillement, d'admiration sont vraiment le propre de la vieillesse.

## Bertrand Vergely

Ce que tu viens de dire, Marie, sur l'homme intérieur est précieux pour comprendre la notion d'œuvre qui donne sens à la vie dans sa globalité. Œuvrer consiste à faire se rencontrer le « faire » et l'« être ». On a œuvré quand on a fait des choses qui ne sont pas simplement pratiques, mais qui touchent les êtres humains dans la profondeur d'eux-mêmes en élevant leur niveau de conscience.

## Le sens de l'œuvre : du faire à l'être

Dans la vie, il y a ce que nous faisons et il y a ce que nous sommes. On est dans le faire quand on est dans les activités de la société (instituteur, infirmière, commerçant, etc.). On est dans l'être quand on se parle de personne à personne sans faux-fuyants. Le respect, l'amour nous font toucher la notion d'être. Ce sont les moments heureux et profonds de la vie à l'occasion desquels on se sent exister. Malheureusement, on est souvent dans le faire et pas dans l'être. On fait les choses, sans grand respect, sans grande conscience. Il est toutefois possible de réconcilier le faire et l'être. C'est ce que fait l'œuvre.

La vie nous aide à « œuvrer ». Les trois âges de la vie – naître, croître, vieillir – sont des moments où l'on fait quelque chose, en l'occurrence son métier d'homme. Ce sont aussi des moments de conscience où faire son métier d'homme nous amène à toucher certaines dimensions de notre être. Il y a des moments où un adulte *est* un adulte. Il rayonne. C'est le moment de l'être.

Saint Augustin dit que « l'homme a été créé pour qu'il y ait un commencement ». Voilà une phrase qui parle de l'être. L'homme a été fait pour que commence quelque chose. Un mode de vie nouveau. La vie avec la conscience. La vie avec l'homme comme collaborateur de l'univers. L'homme fait exister la notion de commencement.

Il donne sens à la création. Il permet à celle-ci de faire et d'être.

Souvent, nous nous croyons seuls au monde. On oublie une chose. Le monde est moins seul grâce à nous. L'homme tire l'univers hors de sa solitude. Cette relation profonde et secrète qui nous lie à l'univers participe de l'œuvre. On ne fait pas rien en vivant. On agit, sans le savoir, dans la profondeur de l'existence. On nourrit, ce faisant, son âme ainsi que celle des autres. Il arrive que l'on soit las, découragé, abattu. Quand tel est le cas, il y a des paroles qui sauvent. Ce sont celles qui disent que la vie n'est pas rien. Nous ne sommes pas rien. Rien n'est achevé. Nous n'avons pas encore tout vu. Ceux et celles qui tiennent de telles paroles n'ont pas perdu leur âme d'enfant. Ils laissent la vie œuvrer en eux. On se sent être quand on se sent participer à l'œuvre commune. Tout passe par des paroles qui font être. On œuvre quand on prononce des paroles qui font être. On œuvre quand on anoblit le monde autour de nous. On anoblit le monde autour de nous en voyant sa partie noble. Cela passe, là encore, par un changement de regard. On s'enferme souvent dans un horizon médiocre, limité, en ressassant de vieilles rancœurs. Il arrive qu'en tournant ainsi en rond on aille droit au désastre. On œuvre quand on dit à ceux qui vivent ainsi dans le ressentiment : « Élargis-toi. Change de point de vue. Arrête cette vue médiocre des choses.

Ouvre les fenêtres. Grandis. » De telles paroles
changent le temps. Elles changent la vie.

Après la parole des commencements et celle
de la maturité vient celle de la vieillesse, qui est
le temps de la grande maturité de la vie en
œuvrant dans l'invisible. S'il y a le temps des
croissances visibles, il y a celui des croissances
invisibles. La vieillesse est un tel temps de par
son aptitude à transmuter le négatif en positif.
On voit cette transmutation s'opérer à travers
l'humour et la lenteur. La vieillesse oblige à
l'humour. Les limites en général nous obligent à
l'humour. Celui-ci consiste à jouer avec ce qui
limite en transformant le tragique en comique.
Je songe à cette vieille actrice qui habitait un
sixième étage sans ascenseur. Un jour, l'un de
ses amis vient la voir et arrive tout essoufflé en
haut des marches. Et la vieille actrice de lui dire :
« Vous voyez, mon cher, habiter un sixième
étage sans ascenseur est la dernière façon que
j'ai de faire battre les cœurs. » L'humour est une
façon d'épouser les limites. La lenteur en est une
autre. Elle consiste à faire, mais en le faisant plus
lentement. On épouse bien des choses avec la
lenteur. Elle est un humour du temps. Une ruse
de l'âge.

On comprend de ce fait ce que veut dire
l'œuvre. Tout ce qui communique l'envie de
vivre relève de l'œuvre. Dans les traditions ini-
tiatiques comme l'alchimie, l'œuvre désigne ce
qui fait communiquer « le monde d'en bas »

avec « le monde d'en haut ». Elle met en relation la matière et l'esprit pour incarner l'esprit et
spiritualiser la matière. L'œuvre est ce qui nous
déleste de nos semelles de plomb pour nous
donner des « semelles de vent », pour reprendre
l'expression que Verlaine avait inventée pour
désigner Rimbaud, « l'homme aux semelles de
vent ».

Envisager ainsi l'existence comme une œuvre
pleine de sens ne veut pas dire être euphorique.
La vie possède ses drames. On ne saurait le nier
sans mentir et se mentir. Reste que ce n'est pas
parce que la vie est aussi dramatique qu'elle n'a
aucun sens. Malgré tout ce qui peut arriver dans
l'existence, la vie n'est pas fermée. La preuve :
les capacités que les êtres humains peuvent avoir
de rebondir sont proprement étonnantes.

Pour préciser encore cette notion d'œuvre, je
crois qu'il y a trois formes que l'on peut donner
à l'existence. On peut lui donner une forme
humaine et on a alors affaire à la dignité. On
peut lui donner une forme artistique et créatrice et on a alors affaire au style. On peut lui
donner une forme spirituelle et on a alors affaire
à l'espérance, qui est l'ouverture infinie. Le plus
souvent, on donne une forme humaine à la vie
en vivant avec une certaine dignité. Ce qui n'est
pas si mal. Parfois, certaines personnes ont du
style, de l'originalité, quelque chose d'inventif.
Plus rarement, elles ont de l'espérance, en ayant

le sens de l'ouverture infinie qui se trouve au cœur de l'existence.

J'ai déjà parlé de la différence qu'il importe de faire entre vieillir et être vieux. Vieillir est une action. Être vieux est une passion, au sens où les Anciens entendaient ce terme, à savoir celui d'esclavage, de maladie. On vieillit quand on épouse le temps et la vie de façon créatrice. On est vieux quand on subit le temps et la vie de façon destructrice. Tout ce qui vit vieillit. Ce qui est trop jeune manque de caractère. Ce manque de caractère vient de ce que la vie ne s'y épanouit pas, n'y vit pas de sa propre vie. C'est une étrange alchimie quand on laisse la vie s'épanouir en soi. On fait se rejoindre les deux extrémités du temps, la fin et le début, l'origine et la destination. Qui va loin dans le temps en le laissant vivre en soi vient de loin. Il remonte aux origines. Il est « ancien ». On l'appelle d'ailleurs un « ancien ». Il est ce que l'on appelle « une vieille âme ». L'ancienneté n'est pas tant vieille que proche des origines. Et proche des origines, elle est proche de l'originaire qui, lié à l'originel, nous parle de notre destination. Nous sommes appelés à être ce que nous sommes originellement. Nous sommes appelés à faire vivre une authenticité plus profonde que toute mémoire. Vivre avec dignité nous fait rencontrer ce fond immémorial. Vivre avec style également. Vivre ouvert sur l'infini également encore. Toutes les civilisations se fondent sur les Anciens. Elles ont

besoin des vieilles âmes. On peut être une vieille
âme très jeune. On peut avoir extérieurement
vieilli et ne pas être une vieille âme. Le temps
des profondeurs invite à reconsidérer la question du temps, le temps du corps et le temps de
l'âme ne coïncidant pas forcément. On peut
avoir un corps jeune et pourtant être vieux parce
que l'on n'est pas devenu une vieille âme. On
peut avoir un corps vieux et pourtant être jeune,
parce que l'on a fait vivre sa vieille âme. Qui se
rapproche de l'originel, et de l'être authentique
qui se trouve derrière, rajeunit. C'est étrange
mais c'est ainsi, le très ancien et le très nouveau
communiquent. La vie vient de loin et ce côté
lointain se trouve derrière nous, loin dans le
passé. Mais ce lointain de la vie qui vient de loin
n'est pas vieux pour autant. Exprimant la nouveauté de la vie, il est jeune. Plus on va loin dans
l'ancienneté des choses, plus on va vers leur
nouveauté. Remonter le passé qui nous fait aller
dans la vieillesse du monde nous fait rencontrer
la nouveauté du monde. Qui donc a conscience
de la longue vie des choses a conscience de leur
nouveauté comme de l'impact qu'elles peuvent
avoir. Toutes les grandes civilisations le savent.
Les tribus dites primitives ont le conseil des
Anciens. Nous avons nos conseils. Les musées
sont nos conseils des Anciens. Ils nous racontent la vitalité de la vie qui vient de loin à travers
quantité d'œuvres. Ils nous aident à ne pas avoir
une vue courte de l'existence. Ils transmettent à

leur façon le grand secret de l'existence. Ils nous parlent de cette partie de notre être, authentique, originelle et immémoriale.

On critique beaucoup la modernité en lui reprochant d'avoir sacrifié des héritages millénaires à la passion du nouveau. C'est vrai et faux à la fois. Il y a une modernité très soucieuse de l'ancien. Il faut le dire. Cette modernité se fonde sur une logique intelligente pouvant se résumer ainsi : parce qu'elle est moderne, elle aime le nouveau. Parce qu'elle aime le nouveau, elle aime l'ancien, qui n'est jamais que l'apparition du nouveau. Il est frappant de voir tout ce que notre modernité fait pour exhumer et conserver le passé en mettant son génie technologique au service de cette exhumation et de cette conservation, avec même parfois des excès. Pour Tzvetan Todorov, notre modernité aurait même une fâcheuse tendance à être trop conservatrice. Ne nous plaignons pas et sachons en tirer les effets bénéfiques. Le rapport à l'originel ne nous a pas quittés. Et c'est tant mieux. Cela veut dire que nous gardons un lien avec l'originel et qu'à travers ce lien nous savons conserver notre rapport vital à l'existence. Certes, cela ne prend pas toutes les formes souhaitables. Mais cela apporte néanmoins cette bonne nouvelle : nous ne sommes pas si barbares que cela.

*La jeunesse du monde ou la force d'accomplir*

Cela dit, lucidité oblige, constatons tout de même que cette même modernité qui sait conserver le passé avec brio a des problèmes avec l'originel. En témoignent ses rapports pour le moins obscurs avec l'origine. Il y a dans la modernité la tentation d'être la nouvelle origine. Ainsi, la Révolution française a rêvé d'être l'an zéro de l'humanité. Cela porte un nom. Cela s'appelle le meurtre du Père. Un meurtre qui a pris la forme de la mort de Louis XVI. La modernité qui n'a pas mûri refuse que les choses viennent d'ailleurs, de l'autre, des autres, de ce que Lacan appelait le grand « Autre ». Elle veut tout contrôler. Elle veut que tout vienne d'elle. Ce désir de contrôle s'exprime par le désir de s'auto-féconder en cédant à la tentation de faire fabriquer les enfants en laboratoire par la science sans plus passer par le corps humain. Ce désir de contrôle passe aussi par le désir de contrôler sa mort grâce au suicide. Il tend à déboucher sur une formule que l'on pourrait résumer ainsi : « La vie et la mort, comme je veux et quand je veux. » Ce qui laisse perplexe, bien sûr. On est là dans une logique de consommation sous couvert de liberté. La vie et la mort ainsi pensées deviennent des objets consommables, fabricables et jetables, mis à la disposition du client roi, la réification de l'existence proposée comme émancipation de l'humanité enfin libre de faire ce qu'elle veut d'elle-même, le triomphe de la vie comme objet, cela fait froid dans le dos. Là réside la vieillesse du monde. Il y a quelque chose de vieux dans cette peur de ne pas être qui finit par dévaloriser la vie. Toute la modernité ne se résume pas bien sûr à cette logique mortifère. Reste que cette logique existe en multipliant les peurs à travers la peur de la naissance, de l'adolescence, de l'âge adulte, de la vieillesse et de la mort, de la vie, de tout. Peur commentée à longueur de journée par les médias. Peur à l'origine d'un monde de surveillance, de prévention et de sécurité, qui envahit tout. Peur qui ne tolère plus la vie, avec ses aléas, ses épreuves, ses confrontations, ses échecs. Cette logique qui refuse le risque et l'audace anesthésie le monde. Elle lui vole sa vitalité. Elle le rend frileux, peureux, exsangue, exténué en le remplissant de regards amers, de mines piteuses, de visages tristes et aigris.

L'homme a une vocation. Cette vocation est celle de devenir. Devenir signifie que l'homme a un avenir. Il a comme vocation la vie. De plus en plus de vie. Cette vocation est lisible à travers les deux grands interdits structurants de l'humanité : l'interdit du meurtre et l'interdit de l'inceste. Ces interdits sont symboliques et pas simplement fonctionnels. Ils ont comme objet de donner du sens et pas simplement de fonder une vie sociale. Premier sens : l'interdit du meurtre – l'homme n'est pas fait pour tuer l'homme, mais pour le faire vivre. Deuxième sens : l'interdit de l'inceste – l'homme n'est pas fait pour retourner en arrière en épousant ses parents, mais pour aller de l'avant en épousant sa femme ou son mari. Voilà la question du jeune et du vieux posée de façon magistrale. Il y a la vieillesse du monde. Il y a la jeunesse du monde. La vieillesse du monde consiste à étouffer la vocation du monde. Cela arrive quand l'homme ne fait pas vivre l'homme et qu'il retourne en arrière au lieu d'aller de l'avant. Il y a des tas de façons de tuer l'homme et de le faire régresser. Quantité de nos mots tuent l'homme et le font régresser. Le désespoir tue l'homme et le fait régresser. Mais il y a aussi la jeunesse du monde. Elle fait vivre l'homme et ne le fait pas régresser. Elle lui donne de l'avenir. Elle lui donne de l'avenir par des mots. Ces mots racontent que tout a du sens.

Freud a fait du complexe d'Œdipe la clef de notre humanité. C'est ce complexe qui éclaire nos régressions et notamment nos régressions infantiles qui débouchent sur des personnages séniles. Rabbi Nachman nous donne une interprétation symbolique puissante de ce que Freud a découvert. Le message qu'il donne est simple : nous sommes faits pour la vie et non pour la mort ; la vie et la mort étant non pas le fait d'une fatalité mais d'un choix, d'une liberté. On vit dans la mesure où l'on veut vivre. On veut vivre dans la mesure où l'on donne un avenir à la vie. On donne un avenir à la vie dans la mesure où l'on répond positivement à cette question : « Veux-tu vivre ou pas ? » Une chose est de mourir. Une autre est de vouloir mourir. On meurt. C'est un fait. Mais ce n'est pas parce que l'on meurt que l'on est mort. Qui veut vivre n'est pas mort, même s'il meurt. Qui ne veut pas vivre est mort, même s'il ne meurt pas. Profondeur donc de l'enseignement de Rabbi Nachman. Profondeur d'un enseignement disant en substance qu'il ne faut pas perdre la mémoire de nous-mêmes. Nous sommes appelés à la vie. Et le fait que l'on meurt ne dément pas cette vocation. Il est interdit de ne pas faire vivre l'homme. Il est interdit de faire régresser l'homme. Il est interdit de ne pas avoir de devenir. Il est interdit de refuser le devenir. Il est interdit de penser que la fin de l'homme est la fin. Mourir n'entame pas sa vocation essentielle. L'homme est fait pour la vie. On a la force de mourir parce qu'il est vivant de mourir.

On touche là au fondement de la morale. Celle-ci n'est pas tant liée à la société qu'à la vie et à son devenir. Nous sommes moraux non parce que la société l'exige, mais parce que la vie nous invite à le devenir. Nous rentrons en société parce que nous désirons vivre. Le désir de vivre est plus profond que la logique sociale. La question donc de la naissance, du mûrissement et de la vieillesse est au fondement de la morale. Du moins inconsciemment. Si la pauvreté consiste à être dépouillé voire démuni mais à rester digne, la misère consiste à perdre sa dignité en se vautrant dans la pauvreté.

## Le devenir caché des choses

Vieillir ressemble à la pauvreté. Être vieux ressemble à la misère. D'où la beauté de la vieillesse. Elle est une misère surmontée. Il y a là une piste, une naissance à l'infini posant question. Qui sommes-nous ? Pour quoi sommes-nous faits ? Sommes-nous faits pour la vie ou pour la mort ? La réponse de Rabbi Nachman est radicale. Nous sommes faits pour la vie et vieillir fait partie de la vie. Nous pouvons donc vieillir. Mieux encore, nous pouvons nous permettre de vieillir. Nous pouvons nous permettre de nous dire et de dire aux autres : « Je vieillis, donc je suis. » Il y a là un formidable démenti apporté à la désespérance, une formidable libération à l'égard du cercle vicieux dans lequel nous sommes enfermés. Généralement, comme on a peur de vieillir, on a peur. Comme on a peur, on vieillit. Comme on vieillit, on a peur de vieillir. On rompt ce cercle en s'autorisant à vieillir. Posons que l'homme a un devenir. On s'autorise à vieillir. On n'a donc pas peur. Et comme on n'a pas peur, on ne vieillit pas. On ne se rend pas vieux. On n'est donc pas tenté par la transgression, le désir de tuer l'homme, de le faire

régresser, de supprimer son devenir. On ne se
laisse pas tenter par une grande tendance
contemporaine. Sous prétexte que l'humanité
traverse des souffrances, certains se donnent
tous les droits et, notamment, le droit de trans-
gresser. C'est ce qui rend si problématique le
droit au suicide que certains veulent légaliser en
obligeant la société à aider à sa réalisation. Cette
revendication joue avec la transgression en utili-
sant certains cas absolument dramatiques. Il
règne dans ces débats une atmosphère malsaine,
perverse, glauque. On utilise des cas particu-
liers pour mettre à bas des principes fondamen-
taux et on le fait avec une insistance déran-
geante. On veut légitimer une vision du monde
désespérée, violente, tragique, purement indivi-
dualiste, sans perspectives, sans responsabilités.
On n'a pas le droit de tuer et il n'est pas neutre
de se tuer. Il y a tout de même d'autres réponses
à la souffrance humaine que le suicide. On fait
du mal, on se fait du mal, quand on proclame le
contraire. On touche au symbolique. On touche
au sens. On hypothèque l'avenir. Un monde qui
fait confiance au suicide pour régler les grands
problèmes humains est un monde qui a renoncé
à lui-même. Nous devons la vie à ceux et à celles
qui ont su dire, comme Nietzsche l'a fait, que la
souffrance n'est pas une objection contre la vie.
La vieillesse n'est pas une objection contre la
vie. La mort non plus. Ce n'est pas contre la vie
qu'il faut objecter, mais contre le désespoir. Il y

a une tendance contemporaine à préférer le
désespoir à la vie. Cela fait partie de notre nihi-
lisme latent.

J'ai parlé de la vie cachée qu'il y a derrière le
vieillissement. Il faut parler du devenir caché qui
se trouve derrière toute chose, derrière tout être.
Nous sommes faits pour la vie. Celle-ci agit,
quand on la laisse agir. Nous allons dans la souffrance, la vieillesse et la mort quand nous ne la
laissons pas agir.

Je le crois, la vieillesse peut devenir une transgression. On peut se rouler en elle et ainsi tuer
l'homme et son devenir. Il ne s'agit pas de rappeler cela pour jeter la pierre à ceux qui déve-
loppent une telle misère. Il s'agit plutôt de montrer qu'une issue est possible. Si nous faisons de
la vieillesse ce qu'elle devient, c'est que nous en
sommes responsables. Elle n'est pas une fatalité, voilà une bonne nouvelle. On peut rendre la
vieillesse dramatique. C'est donc qu'il est possible de ne pas la rendre telle. Il suffit que nous
changions.

Il y a pour cela une piste, donnée par Rabbi
Nachman. Arrêtons d'être vieux. Arrêtons de
périr. Arrêtons cette désespérance qui broie nos
cerveaux, nos vies et nos corps. Envisageons de
ce fait la vieillesse autrement. Regardons-la
autrement. Considérons le drame de ceux et de
celles qui, n'ayant pu exprimer certaines choses
essentielles durant leur existence, le disent
autrement, dans la régression, dans le désespoir,

dans la déroute. La vieillesse change de sens. On voit en elle autre chose. On la voit sous un autre angle. Elle se met à devenir un terrain d'investigation, un continent immense. Que de gens en viennent à exprimer dans la vieillesse ce qu'ils n'ont jamais su ni pu exprimer dans leur vie. Grand retour du refoulé en quelque sorte, dira-t-on, et on aura raison. On vieillit comme on a vécu et comme on vit. À condition, bien sûr, de ne pas faire de confusions à ce sujet. Ne glorifions pas la vieillesse et ses transgressions sous prétexte qu'elle permet de défouler des choses qui n'ont pas pu l'être durant la vie. Il y a des philosophies qui nous tirent vers la mort, vers la tristesse et vers ce qui nous rend vieux. Il importe de le dire. Je pense aux travaux de René Girard. Il s'est penché sur nos archaïsmes et donc sur la partie vieille et régressive de nous-mêmes. Toute cette partie régressive est fondée sur l'idée que le monde ne peut survivre sans violence, sans sacrifice sanglant, sans meurtre d'un innocent, sans tragique, sans tristesse donc, l'homme étant un être bestial qui a besoin que le sang coule pour apaiser sa soif de colère et de vengeance. Cette vision des choses est une vision terrible. Il est frappant d'apercevoir que cette vision se trouve au cœur de toute une vision chrétienne. La mort du Christ serait la rançon offerte pour apaiser la colère de Dieu. Étrange vision. Dieu sacrifierait son fils pour apaiser sa propre colère. Vision sanglante venue de loin. Il faut des sacrifices. Coûte que coûte. Et Dieu veut des sacrifices. Il veut que le sang coule pour apaiser sa colère. Le christianisme a basculé dans le dolorisme à la suite d'une telle vision. Cela l'a rendu vieux en propageant l'idée que l'homme est fait, non pas pour la vie mais pour la mort, pour la douleur, pour la tristesse et pour les larmes. Voilà qui ressemble à du sérieux, de la rigueur, de la Loi. C'est en réalité une transgression, une dramatique transgression.

Cela dit, la question du désespoir est importante. Que de personnes se laissent mourir en se repliant sur elles-mêmes faute d'avoir un horizon éclairé par un sens à leur existence. Il y a des théories qui disent que le repli dans la sénilité est dû à des raisons affectives, notamment à un retard de l'émotionnel face à l'intellectuel. Je crois qu'il faut chercher plus loin. C'est le désespoir qui entraîne un refoulement de l'émotionnel, un désespoir qui dure depuis longtemps et qui se manifeste particulièrement lors de la vieillesse.

On voit des hommes et des femmes mal vivre leur retraite. Ce n'est pas la retraite qui est en cause. C'est un phénomène plus profond. Il y a une peur de se sentir inutile, une peur de sentir la fin de vie approcher, une peur du vide, du non-sens. L'activité professionnelle permet de donner du sens à sa vie. Avec l'âge de la retraite, ce n'est plus possible. On se retrouve confronté à soi-même et le sens que l'on n'a pas su donner

à la vie revient comme une question dure à assumer. Quand on n'a pas su aller chercher en soi
des forces, une richesse, du sens, on se sent très
démuni et l'on déprime. Bien sûr, en évoquant
ces désespoirs, loin de moi l'idée de vouloir donner des leçons, mais plutôt d'indiquer des pistes,
d'éclaircir notre champ de vision. Il y a des
creux inévitables dans la vie. Des creux nécessaires même.

## Du destin à la destination

Tout le monde connaît la parole de l'Ecclésiaste qui dit qu'il y a un temps pour chaque
chose. Un temps pour naître, un temps pour
mûrir, un temps pour mourir, etc. Ce texte,
quand on le lit, a quelque chose d'apaisant. Ce
n'est pas un hasard. Le temps s'y déroule de
façon sage en donnant sa place à chaque chose.
Profondément sage, il est plein d'esprit. Il est
l'heureuse rencontre entre le temps et l'esprit.
Hegel a eu cette formule : « Le Temps est
Esprit. » L'Ecclésiaste nous le dit bien avant
Hegel. Le temps est fait de la vie en général qui
résonne en nous. Il est fait de ce qui en nous
résonne dans la vie. Il est fait de notre rencontre avec le monde et de la rencontre du monde
avec nous. Il est révélateur de notre destination,
la destination n'étant pas le destin.

Le destin renvoie à la vie que l'on subit et qui est fatale du fait qu'on la subit. C'est un sort fixé d'avance, qui ne nous laisse pas le choix. La destination renvoie à autre chose. On a une destination quand, étant soi, on est appelé à le devenir davantage. On a affaire là à un sort qui nous laisse le choix. Mieux, qui veut que l'on choisisse. En ce sens, la destination délivre du destin. On peut dire que l'homme a une destination. Il n'est pas là pour rien. Il est là pour la liberté. Être là pour la liberté porte un nom : cela s'appelle être un envoyé. L'homme est un envoyé de la vie. Il a été envoyé dans la vie par la vie pour la liberté. On ne le découvre pas tout de suite. On se vit d'abord comme projeté avec violence dans un monde inconnu, avant de percevoir un projet derrière cette projection. En l'occurrence, le projet de la liberté. Un projet qui éclaire notre condition. L'homme est le projet de la nature. C'est la raison pour laquelle l'existence lui semble si obscure. Projeté dans le monde, il recherche le sens du monde avant d'apercevoir que le monde n'a pas d'autre sens que le projet lui-même. La nature n'a donc pas de sens parce que l'homme en est le sens. C'est lui qui donne du sens à la nature.

La destination place donc la condition humaine dans un nouvel horizon. Un horizon de responsabilité et non de fatalité. Il est important de le rappeler face au désespoir qui pense que tout est mû par une sourde fatalité. Les philosophes de l'Antiquité n'ont cessé de s'interroger sur le sens de la condition humaine en opposant le destin au hasard ou, à l'inverse, le hasard au destin. Ils ont tourné en rond dans ce couple d'opposés faute de connaître la notion de destination, qu'ils pressentaient néanmoins. On ne va pas bien loin en proclamant qu'il n'y a pas de hasard ou bien encore pas de fatalité. Il est, en revanche, bouleversant de découvrir que l'on a une destination. On découvre à cette occasion que quelque chose n'est pas fatal sans pour autant être du hasard et que ce n'est pas du hasard sans pour autant être fatal. Il s'agit là d'une autre dimension de la vie. La dimension d'un destin à visage humain. On souffre de vivre dans un monde gouverné par une fatalité qui impose sa contrainte de façon implacable. Mais, il y a autant de souffrance à vivre dans un monde sans projet, sans vue sur quoi que ce soit. La découverte de la destination délivre de cette double impasse. En faisant se rencontrer le hasard et le destin, en faisant en quelque sorte du hasard le destin du destin, elle révèle le fond de l'existence. La vie est appel à la liberté. C'est elle qui nous parle à travers les différents événements qui jalonnent son parcours. En parlant comme elle le fait, elle nous invite à voir les choses de façon nouvelle ; à partir de l'avenir et non à partir du passé. Il s'agit là d'une façon nuancée et fine de les appréhender. Nos discours sont souvent péremptoires avec des propositions à l'emporte-pièce du style « L'homme est libre » ou « Il n'est pas libre ». Il est bien plus juste de dire qu'il est appelé à être libre. S'il n'est pas libre, cela veut dire qu'il ne l'est pas encore. L'avenir reste ouvert. Rien n'est clos. On ne laisse pas l'avenir s'exprimer. On oublie un trait essentiel. Tout vient de l'avenir. C'est de là que nous tirons notre origine. Une vie peut vivre quand elle a de l'avenir. C'est la philosophie de la personne et de la liberté qui nous invite à penser ainsi. Et avec elle, c'est la pensée de la responsabilité. On a souvent une vue juridique de la responsabilité. Le responsable est le garant ou le coupable. On oublie l'aspect créateur de la responsabilité. Il est créateur de donner de l'avenir aux êtres, à l'existence. On garantit la vie et les hommes, mais de façon dynamique, originale, singulière. Il importe de le dire avec force : là se trouve sans aucun doute le génie de la maturité et de la vieillesse, un génie qui fait de ces âges des âges d'accomplissement. Plus on mûrit, plus on donne d'avenir à la vie et aux hommes. Plus on les laisse s'exprimer. Plus on les invite à s'exprimer. Les personnes âgées ne font pas de la place aux jeunes simplement par leur mort. Elles en font par leur vie en leur donnant de l'avenir. La confiance des aînés envers les jeunes est capitale. Elle permet à la jeunesse de se déployer en délivrant ce paradoxe : la jeunesse nous vient de la vieillesse. Elle vient de la force que cette dernière sait transmettre. Relisons l'Ecclésiaste à la lumière de cette dynamique de l'avenir. Ce texte devient plus beau encore qu'il ne l'est. Donner du temps à chaque chose revient à donner de l'avenir à chaque chose. Il faut vivre en donnant de l'avenir à la naissance, à la maturité, au vieillir, même à la mort. Qui est capable de vivre ainsi bouleverse le regard sur le monde. Il le révolutionne. Tout est possible. La vie est délivrée. Elle est révélée. Qui la révèle ainsi l'accomplit et l'aide à s'accomplir.

Je l'ai dit, les penseurs de l'Antiquité n'ont cessé de s'interroger sur le fait de savoir si l'homme est libre ou pas. C'est la responsabilité qui délivre de cette question crucifiante. C'est ce que montre la tragédie classique. Le héros qui veut être libre souffre jusqu'à ce qu'il accepte de ne pas en faire qu'à sa tête. Il faut donner de l'avenir à la vie si l'on veut pouvoir donner de l'avenir à sa liberté. On donne de l'avenir à la vie en voulant la vie que l'on n'a pas voulue. C'est le grand paradoxe de la liberté. On devient en mesure de faire ce que l'on veut, quand on entreprend de ne pas faire ce que l'on veut afin de faire avec la vie. La tragédie antique s'est efforcée de mettre en scène cette relation et la philosophie qui naît à cette époque s'est efforcée d'en faire non seulement une sagesse, mais *la* sagesse. Il est courant de penser que la liberté consiste à faire ce que l'on veut. C'est l'esclave qui pense ainsi. Il aspire à être indépendant. Il

ne veut plus de maître qui le contraigne. L'indépendance n'est pas la liberté. On est libre quand
on veut ce que l'on fait. L'action vient alors de
l'intérieur. Elle est nôtre. La liberté est affaire
d'intériorité, non d'indépendance. On peut être
indépendant, si l'on n'a pas d'intériorité on n'est
pas libre. On ne veut pas ce que l'on fait. Inver-
sement, on peut ne pas être indépendant,
comme cela a été le cas d'Épictète qui était
esclave, si on a une intériorité on est libre : autre
figure de l'accomplissement. Une personne âgée
n'est pas forcément indépendante. Quand elle a
une intériorité, elle n'en est pas moins libre.
Beaucoup de jeunes sont indépendants. Faute
d'intériorité, ils ne sont pas libres. D'où le faux
problème du déterminisme. Il n'est guère intéressant de vouloir savoir *a priori* si l'on est libre
ou pas. Admettons que je sois libre *a priori*, si je
n'ai pas goûté la saveur de la liberté, peu
importe. Il ne m'est guère utile de savoir que je
suis libre. Et si je ne le suis pas, mais que je me
sens libre, peu importe également. Qui se sent
libre en sait plus sur la liberté et sur la vie qu'une
théorie qui prétend voir là des illusions. Il n'est
jamais faux de se sentir léger. La fin de vie fait
savourer cette délicieuse ironie du sort. Que de
liberté dans l'œil pétillant de nos anciens qui
sont pourtant si limités dans leurs gestes. Ils
vivent de vivre ce qu'ils vivent, ce qui rend bien
plus libre que de penser la vie comme le fait de
pouvoir vivre. Ils connaissent l'infini à travers le

oui adressé à la vie. Qui dit oui ne se limite pas. Qui dit non se limite. Qui vit ce qu'il vit n'est pas limité.

On m'a rapporté un jour ce mot d'un septuagénaire : « Vieillir, c'est être de moins en moins contrarié. » Voilà un être accompli ! Voilà une vraie intelligence ! C'est l'impatience qui vit contrariée. La patience vit autre chose. Elle vit pleinement. Elle vit tout. Rien ne la désarçonne. Quand même, quelle puissance que la maturité ! Qui vit ainsi rénove l'humanité. On souffre quand on ne supporte rien. On se libère de la souffrance quand on supporte. On porte la vie qui nous porte. Miracle de la patience et du oui. Les vies anciennes savent vivre à ce rythme. Elles voient des choses que nous ne voyons pas. Elles sauvent l'existence de la banalité.

## Marie de Hennezel

Je voudrais partager une expérience que j'ai eue, qui n'a rien à voir avec la vieillesse puisque c'est la première fois que j'ai accouché. À l'époque, la sophrologie n'existait pas mais j'avais compris que si j'allais contre les contractions, je souffrirais pendant des heures et des heures. Évidemment j'avais une connaissance des mécaniques de l'accouchement mais j'avais compris qu'il ne fallait pas aller contre, mais épouser. Ce qui fait qu'à chaque fois qu'une contraction arrivait, j'avais

mal, on sait que ça fait mal, très mal, mais je visua-
lisais en même temps l'ouverture. C'est-à-dire que
je savais à quoi ça servait, l'ouverture. Et au lieu
de me contracter pour refuser la souffrance qui
arrive, je l'accompagnais, je l'épousais. Eh bien
quand le médecin est arrivé, il était sidéré parce
que j'étais arrivée à dilatation complète en une
heure. Alors que généralement, c'est cinq, six
heures, peut-être plus. Mais j'avais découvert
dans mon corps l'expérience d'épouser. D'une
certaine façon, c'était vouloir la contraction, elle
était tout aussi douloureuse, cela n'a pas empêché
la douleur, mais elle était efficace.

**Bertrand Vergely**

Cela me fait penser au secret de la liberté selon
les stoïciens, un secret qui se résume ainsi :
« Veuille que ce qui arrive arrive comme il arrive
et non comme tu désires que cela arrive et tu
seras libre. Rien ni personne ne pourra quelque
chose contre toi. » Quand on veut ce qui arrive,
on n'est plus dans l'événement qui arrive, mais
dans le oui à l'événement. On passe sur un autre
plan. On se libère de l'événement. Ce n'est dès
lors plus l'événement qui nous détermine, c'est
nous qui le déterminons. Il change de sens. Il
devient possible d'en tirer un bon usage en se
l'appropriant. Ainsi, c'est parce que l'on dit oui à
l'existence que la mort change de sens et devient

non pas un gouffre, mais un accomplissement et une œuvre. L'œuvre d'aller jusqu'au bout en finissant une vie comme un artiste finit son œuvre. La mort est comme la vie. Elle vient d'ailleurs, avec les autres et à travers eux. Nous ne sommes pas seuls à mourir sans laisser aucune trace. Nous ne sommes pas des atomes perdus dans le vide. Nous ne sommes pas des brutes. La brute qui se croit forte pense que la mort n'est rien, tant qu'elle est là. Elle rêve en outre de disparaître sans laisser de trace. Elle vit la mort sans émotion et sans mémoire. Comme une brute. La réalité humaine montre autre chose. La mort n'est pas qu'un vide « vide », si l'on peut dire. Elle est un vide qui laisse des traces. Un vide plein. Les autres vivent en nous. Nous vivons en eux. La mort raconte ce lien de vivant à vivant. Vivons ce lien. On est dans la vie. On rentre dans l'humanité vivante. La mort nous lie les uns aux autres et montre combien nous sommes liés. Nous ne sommes pas seuls au monde. Nous sommes partie prenante de la vie et de la mort et, derrière elles, du mystère de cette vie apparaissante et disparaissante. On voit combien le fait de dire oui à la vie change la face des choses. Disons oui à l'existence en disant que la mort est quelque chose au lieu de la nier et de dire comme Épicure qu'elle n'est rien. On s'inscrit dans l'humanité vivante, l'humanité solidaire, l'humanité profonde et mystérieuse. Pour brillant qu'il soit, le matérialisme d'Épicure n'est qu'une pose. Il est grisant de tout surplomber et notamment de prendre la mort de haut. Cela satisfait l'orgueil. La vie à laquelle on dit oui montre autre chose. La mort devenant ma mort, ma mort ne devient pas que ma mort. Elle devient ta mort, la sienne, la nôtre. Elle devient un événement en relation avec l'événement de la vie. Nous ne sommes pas des dieux. Nous ne sommes que des hommes. C'est ce que nous dit la mort. Mais cette limite est un mystère. Mourir nous fait mourir à notre limite d'homme. Il y a là quelque chose de divin. La mort est transcendante en même temps qu'abyssale. Restons-en là, simplement là, l'existence se remplit de gravité, de justesse, de noblesse. Tout est respecté. Tout a sa place. La vie. La mort. Les dieux et les hommes.

Le matérialisme paraît limité pour aborder la vie et la mort. Alors je crois qu'il faut se fonder sur l'esprit. La philosophie nous a appris une chose que nous avons tendance à oublier : la réalité est esprit. C'est ce que rappelle Hegel, lequel le tient d'Aristote, qui le tient de Platon. La vie et la mort changent de sens quand on les envisage avec l'Esprit. Elles deviennent une transmission au lieu d'apparaître comme des accidents. Le héros de Camus dans *L'Étranger* est le type même d'un individu ignorant tout de la vie comme transmission. Seul, livré à lui-même, il n'a pas conscience d'avoir reçu la vie, de participer à sa diffusion et d'avoir un jour à la redonner à d'autres. Il est là. Absurdement là. Tout est un accident. La vie. La

mort. Le monde. Lui. L'Esprit est mort. Rien ne
vit. On est dans un monde de choses. Un monde
réifié. Une telle vie donne une vie inaccomplie,
une vie qui n'accomplit rien, une vie désœuvrée.
La vie accomplie est autre. Elle participe à la
vie. Elle ne la regarde pas en spectateur, en étranger. Elle reçoit. Elle redonne. Elle diffuse. Elle
rayonne. Elle « réalise ». Elle agit. Elle vit et elle
fait vivre. Là me semble être la réalité.

**Marie de Hennezel**

L'accomplissement d'une vie se joue aussi
dans les derniers moments. C'est sans doute le
sens spirituel des derniers moments. Le sens de
ce temps que l'on appelle « le temps du mourir ».
Le pressentiment de sa fin engage l'individu dans
un dernier travail, que le psychanalyste Michel de
M'Uzan a baptisé « travail du trépas ». Tentative,
dit-il, « de se mettre complètement au monde
avant de disparaître ». Comme si le pressentiment de la mort proche suscitait un dernier élan
de vie destiné à aller au bout de soi-même, à aller
au bout de l'œuvre de sa vie.

Les médecins et les soignants qui accompagnent leurs patients dans leurs derniers instants
observent ce qu'ils appellent « le mieux de la
fin ». Un regain de vitalité. Un besoin de communiquer, au service de cette dernière tâche : dépo-
ser dans le cœur et les oreilles des survivants une

parole, un geste, un regard, un sourire qui diront l'essentiel. Même chez les personnes qui meurent brutalement d'un accident, par exemple, ce travail du trépas a eu lieu de façon inconsciente. Les proches se souviennent, après coup, de paroles et de gestes qui avaient ce sens de « dire au revoir » ou de se mettre en paix avec l'entourage, ou encore de laisser ses affaires en ordre.

Vous avez aussi ces personnes âgées qui ne sont pas particulièrement malades mais qui sentent à un moment donné qu'elles arrivent au bout de leur existence.

Elles sentent qu'elles n'ont plus le goût de vivre. Elles sentent que ce qui serait bien ce serait tout simplement de se laisser glisser lentement dans la mort. Beaucoup de personnes âgées vivent cela. C'est quelque chose qu'il faut respecter, forcer à vivre quelqu'un qui sent qu'il est arrivé à la fin de son existence, c'est une violence. La loi « Droits des malades et fin de vie » permet désormais aux médecins et aux soignants de laisser mourir quelqu'un qui est lassé de vivre, et qui n'a plus goût à rien.

Vous avez des personnes qui sentent qu'elles vont mourir parce qu'elles sont à la phase terminale de leur maladie grave. D'autres qui peuvent le sentir inconsciemment. C'est bizarre, il y a des personnes qui rangent tout à coup leurs affaires et qui laissent des petits mots. Et puis un accident arrive et on se dit : « Tiens, il le sentait. »

On se demande parfois quel sens donner à ces comas dans lesquels sont plongées des personnes qui n'en finissent pas de mourir. Comment expliquer que des personnes proches de mourir restent suspendues ainsi entre la vie et la mort ? Elles ne sont plus alimentées, parfois même plus hydratées, et elles ne meurent pas. Comme si elles attendaient quelque chose pour partir.

J'ai souvent cité l'exemple de cet homme qui avait sombré dans un coma agonique pendant plusieurs semaines ; il ne mourait pas et les médecins ne comprenaient pas pourquoi. La famille commençait à s'impatienter, à demander que l'on fasse quelque chose pour accélérer la fin. J'ai découvert alors qu'il avait une fille de 14 ans, née d'un premier mariage, et que la mère de la jeune fille l'empêchait de venir dire au revoir à son père, alors qu'elle le réclamait. La mère voulait protéger sa fille et lui éviter de voir son père dans cet état. Quand on s'est aperçu de cela et qu'on a tout fait pour que la mère accepte que l'adolescente vienne, qu'elle parle à son père, qu'elle lui dise au revoir, cet homme est mort dans la nuit. Donc on a bien eu la preuve ici que, lorsque des personnes n'arrivent pas à mourir, c'est qu'elles attendent une visite, elles attendent quelque chose. Elles attendent ce qui, justement, permet de clore sa vie. Cet homme savait, inconsciemment, que sa fille voulait le voir ; donc il l'attendait.

Cela donne beaucoup de sens à ces temps de coma, que l'on juge souvent inutiles et pénibles. Certains pensent que les gens qui sont dans le coma ne sentent plus rien et n'entendent plus rien. Je ne suis pas d'accord avec cette façon de voir les choses. Je pense au contraire que, dans cet état, on perçoit beaucoup de choses. Il y a eu des témoignages en ce sens. Cela suffit pour encourager les proches à maintenir une communication avec celui qui, en apparence, semble absent. Lui parler avec le cœur, lui dire au revoir. Les personnes ne peuvent plus répondre, mais qui sait observer comprend qu'elles reçoivent le message. Une modification du souffle, une pression de la main, une larme qui coule le long de la joue : autant de signes qui montrent que l'on a été entendu. Ces derniers échanges font partie de l'accomplissement d'une vie.

## *Christiane Singer : une vie accomplie*

Je voudrais revenir sur cette magnifique expression de Michel de M'Uzan : « se mettre complètement au monde avant de disparaître ». On se demande parfois ce qu'elle signifie. De quel accouchement s'agit-il ? Cette métaphore renvoie, me semble-t-il, à ce qui vient d'être dit de la vie comme œuvre. Les derniers instants en sont en quelque sorte la signature. Nous avons un magnifique exemple de travail du trépas avec

les six derniers mois de la vie de Christiane Singer, un exemple extraordinaire d'accomplissement. Il me faut d'abord vous raconter
comment j'ai rencontré Christiane.

C'était il y a quinze ans. Nous avions été invi-
tées à donner chacune une conférence sur le
thème du sacré. Christiane devait parler du
« Sacré dans la vie » et moi du « Sacré dans
l'approche de la mort ». On nous avait logées
dans la même chambre, dans deux petits lits
jumeaux. Le soir, nous nous sommes retrouvées
chacune dans notre lit, avec des chemises de
nuit blanches, quasiment identiques, comme si
nous étions deux sœurs ou deux collégiennes
dans un pensionnat. Nous révisions nos conférences du lendemain, réécrivions, corrigions.
On aurait dit que nous allions passer un exa-
men le lendemain, et nous nous sommes mises à
pouffer de rire. Cela nous a liées ! Et puis, quelques années plus tard, nous avons animé à Ras-
tenberg, le lieu où Christiane vivait en Autriche,
un séminaire dont elle avait choisi le titre :
« Hymne à la vie, hymne à la mort ». Pourquoi
avait-elle choisi cet intitulé ? Quand j'y pense,
cela m'émeut : elle qui avait choisi de parler de
la vie est morte aujourd'hui, tandis que moi, qui
ai parlé de l'approche de la mort, je suis toujours vivante ! Cependant ce titre avait son sens,
car nous étions convaincues, elle et moi, que la
vie et la mort sont l'une dans l'autre. Vous
connaissez ce vers de Prévert : « La vie est dans

la mort. La mort aidant la vie, la mort est dans la vie, la vie aidant la mort. » Nous étions persuadées de cela. Nous avons donc animé ce séminaire ensemble, puis nous sommes restées en lien, pas très fréquent, mais en lien. Et je suis allée la voir cinq semaines avant sa mort en février 2007. Elle était hospitalisée à Vienne, dans un état de souffrance et de faiblesse extrêmes. La première chose qui m'a saisie lorsque je suis entrée dans sa chambre, c'est son visage qui avait tant vieilli. Elle qui avait écrit sur le vieillir, dans *Les Âges de la vie*, elle qui aurait aimé vieillir, elle avait pris trente ans en six mois. Je me suis retrouvée devant une très vieille femme, très amaigrie. Ses beaux cheveux étaient tout clairsemés. Elle était devenue une autre personne. Et en même temps, il y avait une telle vitalité à travers son regard, un regard tellement vif, un si beau sourire, une telle énergie dans la chambre, une vibration si haute, que j'ai été absolument frappée de cela. Et j'ai vraiment senti qu'elle avait traversé ces six derniers mois de naufrage comme une croissance.

Voici le chemin singulier qu'a suivi Christiane, depuis le moment où un « jeune médecin, à l'œil froid » lui annonce qu'elle a tout au plus six mois à vivre, jusqu'à celui où elle termine son poignant journal : *Derniers fragments d'un long voyage*. Un chemin de haute conscience, car Christiane a vécu son mourir les yeux ouverts, comme elle a vécu sa vie, toutes antennes déployées, ne voulant rien manquer de ce qu'elle appelait « une fabuleuse aventure ». Certains êtres choisissent de ne pas subir leur destin, mais au contraire de l'épouser pour en faire un « haut lieu d'expérimentation du vivant ». Une expérimentation destinée à être partagée. Nous savons combien ce désir de partager ce dont elle faisait l'expérience était puissant chez Christiane. Elle y puisait l'énergie d'écrire, l'énergie de donner des conférences, d'animer des séminaires, et beaucoup de ses lecteurs ou de ses auditeurs, je le sais, ont eu le bonheur de franchir avec elle « une étape du pèlerinage de la vie ».

Quelques jours après les funérailles de Christiane, son éditeur m'a demandé si j'acceptais d'aller présenter son livre lors d'une émission de la chaîne parlementaire, Public Sénat. Sur le plateau, il y avait Élisabeth Badinter. Elle avait lu le livre de Christiane, et en était encore toute chamboulée. Elle a eu cette phrase étrange : « Ce livre parle d'une expérience surhumaine. » C'est le livre, disait-elle, d'une personne qui vit une expérience difficilement partageable, une expérience tellement loin de ce que le commun des mortels est capable de concevoir et donc de vivre !

Même si je pouvais comprendre sa réaction, cette façon de mettre une telle distance avec Christiane, de l'exclure du champ des expériences humaines, m'a heurtée sur le moment.

J'y ai beaucoup réfléchi. S'il est vrai que Christiane est incontestablement une personne hors du commun, une vraie mystique moderne, qui a passé sa vie hantée par l'absolu, cherchant à aller vers toujours plus de conscience, et nous invitant à ne pas passer à côté de nos vies, elle est aussi, pour employer ses propres mots, « un oxymore vivant », une personne paradoxale, capable de tenir ensemble des choses contradictoires. L'expérience de ses derniers moments est pétrie de contradictions. Nous la découvrons si humaine, dans ses états d'âme chaotiques, dans sa fragilité, dans ses limites face au martyre de la souffrance physique. Sa vulnérabilité nous bouleverse. Et en même temps, notre âme frémit chaque fois que Christiane nous fait sentir l'extraordinaire capacité de dépassement de l'humain, la liberté qui lui est donnée de « traverser » le pire, d'aller au-delà, de transcender. Parce que son expérience est à la fois banalement, je dirais cruellement humaine et en même temps sublimement surhumaine, son témoignage est un trésor pour chacun d'entre nous.

Voilà donc Christiane, consciente de son mauvais état de santé depuis plusieurs mois, franchissant ce pas difficile à faire, pour beaucoup d'entre nous, et qu'elle a sans doute tardé à franchir, tant il est angoissant : confier son corps aux mains de la médecine pour un diagnostic. Et celui-ci tombe avec la violence du couperet : « Il vous reste tout au plus six mois à vivre ! » Une condamnation à mort ! Permettez-moi, au nom de l'expérience qui a été si long-temps la mienne, au contact de médecins pleins de délicatesse, de protester devant cette dérive moderne où, au nom du droit des malades à recevoir une information claire, certains jeunes médecins, probablement très angoissés par leur rôle, balancent avec une brutalité sans nom un pronostic chiffré, qui n'a de valeur que statistique.

Lorsque le jeune médecin à l'œil froid lui déli-vre la terrible nouvelle, quelque chose en elle n'arrive pas à y croire et la dénégation, si bien décrite par les psychologues, érige sa barrière de protection. Elle est plongée dans un livre qui la captive. Elle poursuit sa lecture. C'est seule-ment à l'arrivée de son mari Giorgio et de son fils, tous les deux défaits par la nouvelle, qu'elle réalise enfin : « C'est dans leurs larmes que je dérape. Et nous pleurons, nous pleurons, nous pleurons. Ensemble. »

Poignant aveu qui laisse déjà pressentir toute la force que Christiane trouvera dans le fait de pouvoir partager sa peine avec son entourage. Pleurer ensemble ! Pourquoi diable avons-nous si peur de partager nos émotions ? S'il y a tant de non-dits douloureux, une telle conspiration du silence autour de ceux dont la vie est mena-cée, une conspiration qui les isole à jamais, c'est surtout parce que l'on a peur de pleurer ensem-ble. Or le fait de pleurer ensemble scelle un pacte de non-abandon. Jamais on n'abandonne quelqu'un avec lequel on a partagé une émotion douloureuse. À aucun moment Christiane ne sera abandonnée par les siens.

Je voudrais insister sur l'enseignement qui nous est donné dans les toutes premières pages de son journal. Pourquoi certaines personnes confrontées à une maladie grave et au pronostic fatal ont-elles tant de mal à être sujets de ce qui leur arrive, à s'approprier cette dernière étape de leur vie, à rester vivantes jusqu'au bout ? Presque toujours parce que ce partage des émotions n'est pas possible, parce que les échanges intimes sont gelés dans cette conspiration du silence. La conspiration du silence est un véritable fléau. Elle empêche d'entrer dans l'expérience et de la partager. Elle condamne à la solitude, elle condamne plus cruellement encore, puisque d'une certaine façon, elle condamne à mourir avant de mourir.

Lorsqu'elle a pris la mesure de la gravité de son état, Christiane décide de ne pas tergiverser, de ne pas marchander. « Ce qu'il y a à vivre, il va falloir le vivre. » La condamnation a été claire. Mais la médecine lui propose néanmoins une opération et une chimiothérapie. Ce qui ouvre aussi le champ d'un espoir possible. Comment s'y retrouver ? Sans doute en supportant « la pression du non-savoir ». Et elle demande à ses amis de recevoir la nouvelle de sa maladie

comme elle l'a reçue, le cœur ouvert et sans jugement. Comme elle est fine, et ne veut pas se
raconter d'histoires, elle s'efforce de coller au
réel. Il lui faudra lutter contre toutes les projec-
tions de l'entourage. Bien sûr, avec les meil-
leures intentions du monde, on lui offre toutes
sortes de thérapies, on lui amène des guéris-
seurs. Ils se succèdent à son chevet avec leur
supposé savoir et leur supposé pouvoir, la bouche pleine de prophéties maladroites, de paroles
faussement consolatrices et d'interprétations na-
vrantes !

Déjà dans *Les Sept Nuits de la reine*, elle écrivait : « Toute consolation est une injure dans la
virulence du deuil. [...] Je n'allais nulle part. Je
ne voyais plus personne. J'étais comme une bête
malade. Je craignais les mots qu'on ne manquerait pas de me dire, ces mots maladroits que l'on
cherche pour consoler et qui font plus de mal
que de bien. » La seule chose qu'une personne
blessée peut recevoir, n'est-ce pas la présence
humble, qui reste là sans rien dire, assumant son
impuissance ? Comme celle de Giorgio et de ses
fils. « Chacun tient une de mes mains dans les
siennes, tandis que Giorgio berce mes pieds
avec tendresse. Ainsi, nous formons une barque
rêveuse au fil des heures. »

Tout ce que demande Christiane, c'est qu'on
ne l'enferme pas dans sa maladie. Elle ne cherche pas à savoir. Elle ne se demande pas pourquoi elle est tombée malade. Pas de victimisation,

pas de culpabilité. La cause, l'origine de sa maladie ne l'intéresse pas du tout. Elle me rappelle
ainsi cet autre sage mort à l'âge de 49 ans, Yvan
Amar, dont j'ai parlé dans *Mourir les yeux
ouverts.* Lui non plus ne cherche pas pourquoi il
a une maladie, mais ce vers quoi la maladie le
conduit, ce qu'elle lui enseigne. Alors que leurs
entourages respectifs essaient de comprendre le
pourquoi de leur maladie, ce qui les intéresse,
eux, c'est l'expérience. « Ceux qui voient dans la
maladie un échec ou une catastrophe, ils n'ont
pas encore commencé à vivre », écrit Christiane. Comme Yvan, elle ne veut pas laisser sa
maladie l'envahir. « Une maladie est en moi,
mais mon travail à moi va être de ne pas être moi
dans la maladie », écrit-elle, nous enseignant
ainsi la différence entre avoir une maladie et être
malade. « Beaucoup vivent la maladie comme
une pause douloureuse et malsaine. Mais on
peut aussi monter en maladie comme vers un
chemin d'initiation, à l'affût des fractures qu'elle
opère dans tous les murs qui nous entourent,
des brèches qu'elle ouvre vers l'infini. Elle
devient alors l'une des plus hautes aventures de
la vie. »

Et Christiane prend tout. « C'est un choix,
écrit-elle, sur lequel on ne revient pas, en disant :
ce morceau-là, je le prends ; celui-là, je ne le
prends pas ! » Elle prend tout. La douleur physique, dont elle dit qu'on ne devrait jamais se
permettre d'en parler tant qu'on ne l'a pas

éprouvée. « J'ai été vaincue à plate couture. »
Un enfer, impossible à imaginer. Ces nuits à se
tordre. Ce ventre calciné. Ces maux qui vont et
viennent et empêchent « la totale dilatation dans
la gratitude du corps ». La souffrance morale car
« quand le corps souffre, l'âme est comme
empalée ». La pire tentation alors est celle du
désespoir. « Les loups hurlent dans les steppes
de mon âme. » Toutes les émotions que connaissent ceux qui sont gravement malades vont agi-
ter son âme en détresse. Tout y passe, la lassi-
tude, la tristesse, la fâcherie, la colère. « Je me
mets à trouver mon sort laid. » « Quelque chose
en moi se rebiffe. » « Je pleure la vulnérabilité
de tout ce qui est sous le soleil. » Son courage
vacille. Elle qui ne voulait pas marchander son
sort, la voilà qui n'en peut plus, et qui supplie
Dieu, les larmes aux yeux, de la garder. « J'ai
mendié comme une malheureuse... j'ai supplié
qu'un miracle se produise. » En la lisant, nous
sommes bouleversés, et nous ne pouvons nous
empêcher de vitupérer ces médecins si timides à
soulager ses douleurs, car dès que les douleurs
cessent, alors arrivent les espaces d'apaisement,
les espaces pour aimer.

« Pour le moment, je ne souffre pas, écrit-elle
le 13 décembre, alors mon âme est douce et
enrobe le monde de sa tendresse. [...] J'ai retou-
ché l'entièreté de l'être, la profonde gratitude
qui m'habite quand la souffrance ne me ronge
pas. [...] Je peux rester des heures et des heures,

des nuits entières dans cette attention flottante pleine de frôlements, sans qu'une seule mauvaise pensée ne trouve accès jusqu'à moi. [...] J'ai fait défiler dans mon cœur une multitude d'êtres rencontrés et je les ai habillés d'amour. » L'art consiste, dit-elle, à « ne pas occuper les "espaces entre" par le ruminement des douleurs traversées ou par la crainte de celles qui vont suivre ». Elle vit « un cauchemar zébré de grâce ».

Alors nous nous demandons : Comment a-t-elle pu traverser une telle souffrance ? Elle nous le dit. Avec un fil d'Ariane qui ne l'a jamais quittée depuis l'enfance, le fil de la merveille : « Grâce à lui je sortirai vivante du plus sombre des labyrinthes. » Il y a en elle une obstination émouvante à « enchanter le monde, à éclairer les ténèbres ». Toujours cet inlassable rappel à l'amour : « Ne pas oublier d'aimer exagérément. » « Mon Dieu, donne-moi accès à cette foi démesurée qui m'habite afin que je puisse témoigner, malgré tout, de la splendeur de cette vie. » Et quand il arrive que le doute l'assaille, quand elle perd confiance ou courage, il y a la patience, « le chemin de l'humilité absolue, une minute après l'autre, une inspiration après l'autre ».

Elle traverse donc à son tour. Abrasée, calcinée, rabotée par la souffrance, ce sont ses mots. « Semblable à ces fragments de coquillage que l'abrasion du sable et la salure des vagues ont travaillés jusqu'à l'ultime transparence de la

nacre », elle voit alors ce qu'elle voulait voir :
« Derrière l'incommensurable souffrance, j'ai vu
l'abîme sans fond de la tendresse des mondes. »
« Quand il n'y a plus rien – et elle sait de quoi
elle parle dans ce dépouillement extrême, dans
cette vulnérabilité radicale où elle se trouve –,
vraiment plus rien, il n'y a pas la mort et le vide,
comme on le croirait, pas du tout. Je vous le
jure… il n'y a que l'Amour. »

L'amour ! Arrêtons-nous un instant sur ce
que Christiane tente de nous faire comprendre,
et qu'il est sans doute si difficile d'accepter dans
notre vision romantique de l'amour : le « terri-
fiant mystère de la souffrance », le lien si mystérieux entre la vulnérabilité et l'amour.

Christiane a 4 ans. Elle vient d'entrer dans un
immeuble insalubre où ses grands-parents ont
trouvé refuge, après avoir fui les persécutions
des juifs en Hongrie. Elle voit pour la première
fois sa grand-mère penchée au-dessus du visage
de son grand-père mourant. « Elle est penchée
sur lui comme sur un puits profond et son visage
est transfiguré par ce qu'elle y voit. Jusqu'au
plus profond. Jusqu'au lieu où tout est réconci-
lié, où les lions lèchent les yeux des biches, où la
vie et la mort se prennent dans les bras et pleu-
rent en silence. Sa main s'est posée sur le front
de son mari. Et dans le geste de l'épouse
caressant le vieil homme endormi, ce geste
lent, ardent, immémorial, l'enfant que je suis se
perd. » Un geste dont Christiane nous dit qu'il

est « comme un paraphe de lumière posé au bas d'un contrat invisible à tous ». Le contrat de non-abandon qui nous lie à tous ceux que nous aimons et qui nous oblige à les accompagner jusqu'au bout. Elle vient de voir ce que Levinas décrit lorsqu'il parle du visage, cette nudité, cette transparence, cette vulnérabilité offerte à autrui et qui sollicite sa responsabilité infinie. Voilà l'héritage qu'elle a reçu de sa grand-mère, ce geste parfait de tendresse qui « sauve le monde de la barbarie et de l'indifférence », ce geste qu'elle s'est senti un devoir de perpétuer.

Le 27 novembre, alors qu'elle pressent une extension des tissus mortifères, elle écrit : « Oui, je crois que la seule chose sensée à faire est d'aimer, de s'exercer jour et nuit à aimer de toutes les manières possibles. » Nous finirons tous, écrivait-elle, acculés à l'amour. Comment ne pas la croire lorsqu'on apprend, par exemple, que ceux qui se trouvaient dans l'avion qui s'est écrasé sur les Twin Towers, le 11 septembre 2001, et qui savaient qu'ils n'avaient plus que quelques secondes à vivre, se sont précipités sur leur portable pour laisser des messages d'amour à leurs familles ? « Je t'aime », « Prends soin de toi », « Ne crains rien », « Tout va bien ». Leur dernière pensée a été une pensée d'amour. Comment ne pas croire Christiane lorsqu'elle nous dit que c'est l'amour qui nous fonde, que ce n'est pas un sentiment, mais la substance même de la création, lorsqu'elle nous

crie : « J'ai la preuve que tout n'est qu'amour » ?
« Je croyais jusqu'alors que l'amour était reliance,
qu'il nous reliait les uns aux autres, mais cela va
beaucoup plus loin ! Nous n'avons pas même à
être reliés : nous sommes à l'intérieur les uns des
autres. C'est cela le mystère. C'est cela le plus
grand vertige. »

Jusqu'à Noël, Christiane balance entre un
souci de lucidité – elle ne veut toujours pas se
raconter d'histoires – et l'espérance de survivre
« quelques mois, quelques années ou même
quelques décennies ». Et puis voilà qu'elle réalise que les « jeux sont faits ». On lui annonce
qu'elle entre en soins palliatifs. Étrange soulage-
ment, dit-elle. « Chaque fois qu'une nouvelle
sévère me parvient pour de bon (ma première
réaction est d'en douter) je sens que je grandis.
Oui, que je grandis ! » Elle entre alors dans
l'acceptation. Mais les autres n'en sont pas là.

J'ai souvent observé ce décalage chez les personnes que j'ai accompagnées. Elles étaient
prêtes à accepter leur fin, mais leur entourage ne
l'était pas. Il en résultait une souffrance. Christiane nous parle de ces voix amies qui lui disent :
« Tu peux encore te décider pour la vie. » Ces
voix la heurtent « avec tendresse ». Elle sait que
l'intention est bonne, mais elle est naïve. Aussi
leur écrit-elle : « Je vous demande avec une tendresse immense d'ôter de mon cœur toute pression par un souhait trop fort de me voir parmi

vous. » Dernière leçon, donnée avec le plus de tact possible : laissez-moi partir !

Elle commence alors à s'éloigner. Autour de Noël, elle pense mourir, « J'ai cru avec ravissement l'instant du passage venu », mais son heure n'a pas sonné. Arrive ce que nous connaissons bien, cette sorte de rémission ultime, ce mieux de la fin, qui vient avec l'acceptation. « Une résurrection de quelques heures, de quelques jours ? » se demande Christiane, qui ne souffre plus grâce à la morphine. « Je perds en apparence mes forces vitales... de l'autre je gagne les forces neuves de la non résistance. » Une autre version de la parole de saint Paul aux Corinthiens : « Tandis que notre extérieur s'en va en ruine, notre homme intérieur se renouvelle de jour en jour. » Étonnement d'être encore vivante, encore baignée d'une telle vitalité.

Pendant les semaines qui suivent, s'opère un miracle : une expérience très forte lui est donnée à vivre, une vision du Christ cosmique, accompagnée d'une vibration puissante et insoutenable. « Comment aurais-je pu soupçonner que je puisse être si heureuse ? D'un bonheur sans fin, illimité qui ne veut rien, qui n'attend rien, sinon l'émerveillement de chaque rencontre, de chaque seconde ! » Qui eût pu soupçonner qu'au cœur d'une aussi difficile épreuve se soit lovée la merveille des merveilles... « Et me croira-t-on, mais peu importe, si je dis que je n'ai jamais été aussi heureuse que maintenant ? Je n'aurai pas

vaincu la mort, je l'aurai totalement, amoureuse-
ment intégrée. Voilà la vérité, elle est douce à
dire. »

Au bout de ses six mois de sursis, Christiane
a mis fin à son journal. Il semble alors qu'elle ait
fait l'expérience de l'ultime liberté. Celle que
l'on a lorsqu'on ne veut plus rien, que l'on
n'attend plus rien et que l'on s'en remet à la vie.
La dernière fois que je l'ai eue au téléphone, sa
voix était toute faible : « Marie, je suis loin, très
loin, mais je suis bien. » J'entendais qu'elle
s'éloignait. Son dernier mois a été un mois où
elle était entre deux eaux. Elle a glissé doucement dans cet entre-deux qui restera toujours
un mystère. Puis elle est partie, mais elle nous
laisse un texte magnifique. Un texte d'une qualité littéraire incontestable, un texte d'une
grande profondeur de pensée, un texte de haute
volée spirituelle. Elle nous laisse aussi la question qui la hante et à laquelle elle nous invite à
répondre : « Comment nous contaminer les uns
les autres de ferveur et de vie ? »

Dans le petit ex-voto que Giorgio, son mari,
nous a distribué, à l'issue de son enterrement, on
peut lire : « Je ne crois pas grand-chose. Je ne
crois même en vérité qu'une seule chose. Mais
cette certitude a coulé partout, a tout imbibé.
Pas un fil de l'existence n'est resté sec. Elle tient
en deux mots : La vie est sacrée. »

La mort n'est jamais un échec. Toute personne qui quitte la vie passe le témoin à d'autres,

et ce n'est pas rien. Dans la lignée des sages, Christiane nous a réveillés. Je n'ai jamais entendu, parmi mes contemporains, des paroles de vie aussi fortes que les siennes. Elle nous a montré ce qu'est la vraie dignité, la vraie liberté. Nous ne choisissons pas notre destin, et à plus forte raison nos maladies, ni notre mort, mais nous avons la liberté et le choix du niveau auquel nous allons le vivre : le refuser ou l'épouser. Résister à la pente ou au contraire la gravir, l'affronter. La vraie dignité, la vraie liberté, c'est de dire oui à ce qui est. C'est cela s'accomplir.

À ceux et celles qui auraient aimé la garder près d'eux, elle a rappelé que les morts ne nous demandent pas de les pleurer, mais de les continuer : « Si j'ai occupé dans la vie de certains une place lumineuse, le sens de l'aventure est désormais de la remplir vous-mêmes : soyez ce qu'en moi vous avez aimé. Gardons vivant ce que nous avons frôlé ensemble de plus haut. [...] Alors amis, entendez ces mots que je vous dis là comme un grand appel à être vivant, à être dans la joie et à aimer immodérément. »

**Bertrand Vergely**

Il est difficile d'ajouter quoi que ce soit après ce témoignage vertigineux. Tout est dit. La profondeur de la fin de Christiane dit la profondeur de toute vie humaine qui s'enracine dans la profondeur de son origine. Et qui s'émerveille. L'émerveillement témoigne de la plus haute conscience de la vie qui soit. On le voit dans l'œil des enfants qui découvrent le monde et dans celui des personnes âgées qui le redécouvrent. Ils font la même expérience. La vie est dense. Elle vient de loin et se décline de façon riche.

Nous venons d'un mystère. Le fait même de l'existence de l'univers, de la vie et de l'humanité montre que nous venons d'un mystère. Notre vie participe d'un événement extraordinaire. Nous naissons. Nous croissons. Puis, un jour nous quittons le monde en cédant la place à d'autres. Nous participons manifestement à la diffusion de la vie dans l'univers. Nous collaborons à une œuvre de transmission en nous inscrivant dans l'existence par la famille et nos responsabilités sociales. Non seulement la vie vient d'un mystère, mais elle est traversée par un élan, qui est l'élan même de la vie allant vers la vie. Nous ne sommes pas là pour rien. Nous sommes là pour vivre. Mieux encore, pour aller vers davantage de vie. Nous participons à un processus de vie en expansion.

Prenons la naissance. Ce n'est pas rien que de naître. Un enfant vient de loin. Il vient d'une longue évolution qui l'a précédé. Il fait vivre cette évolution en entrant dans le ventre maternel avant d'en ressortir. Naître est ainsi une mutation qui donne vie à la vie. Un psychanalyste du temps

de Freud, Otto Rank, a parlé du « traumatisme
de la naissance ». On ne quitte pas impunément
le ventre maternel et sa douceur protectrice pour
aller dans la vie. On passe un sas.

La naissance est un événement extraordinaire
parce qu'elle est le moment étonnant de l'apparition de la vie. Elle est aussi extraordinaire
parce qu'elle est le commencement d'une série
de naissances. On ne naît pas qu'une fois dans
notre vie. On naît plusieurs fois. On naît à
l'enfance, à l'adolescence, à l'âge adulte, à la
vieillesse. On naît aussi à soi, à son âme, à son
être intérieur. Il s'agit là également d'une naissance extraordinaire. Peut-être l'une des plus
belles naissances qui soit, parce que, vivant
consciemment, la vie prend tout son sens, toute
sa saveur. Quand on est né à soi, on vit parce
que l'on veut vivre et non parce qu'on y est
obligé. On collabore de ce fait activement à la
vie et à l'univers. Notre vocation d'homme
s'accomplit alors pleinement. L'homme est liberté. Il est liberté parce qu'il vit, parce qu'il le
veut et non parce qu'il y est contraint. L'homme
est mutation dans l'univers. Comme le dit Épictète, il est « celui par qui l'univers devient
conscient ». D'où l'importance de naître à soi.
Une importance comprise par Socrate, qui s'est
donné pour tâche d'être un « accoucheur des
âmes ». Nous portons un mystère, le mystère de
la vie. Nous portons le miracle de l'apparition
de la vie dans la réalité, le miracle du visage de

la vie, le miracle de quantité de naissances à la réalité et à la vie, si bien qu'il n'est pas exagéré de dire que la vie est une grande naissance, quoiqu'elle ne soit pas que cela. Elle est aussi croissance.

On croît quand on fait grandir sans se contenter de grandir. L'adulte n'est pas simplement celui qui grandit. Il fait grandir. Il fait grandir en faisant naître la vie quand il fonde une famille. Il fait grandir quand il prend des responsabilités sociales. Il devient alors un collaborateur actif de l'univers. La vie passe par lui. Si personne ne s'engageait dans l'existence, elle s'éteindrait. Elle vit parce que les individus la font vivre. D'où le pouvoir des individus. S'ils dépendent de la vie, la vie dépend d'eux. Le passage à une telle responsabilité n'est pas évident.

Tout être humain passe dans sa vie par un moment de crise. Cette crise survient quand il passe de l'enfance à l'âge adulte. Enfant, la vie tombe du ciel par la sollicitude de l'amour parental. Adulte, il faut travailler, lutter. La vie cesse d'être idyllique. Elle est âpre. Il arrive que l'on se sente abandonné. Pascal a décrit cet état d'abandon, état dans lequel l'être humain a l'impression d'être jeté là, dans le monde, d'une façon absurde en se demandant ce qu'il est venu faire dans ce qui ressemble à un navire fou, une galère pour reprendre une expression à la mode. Les philosophes parlent de « déréliction » pour caractériser un tel état.

C'est l'enfant qui se sent ainsi abandonné et qui crie son angoisse. Il n'a pas compris que ce qu'il traverse est une chance. La vie ne l'abandonne pas en lui retirant la quiétude parentale. Elle lui fait un cadeau. C'est désormais par lui que la vie va passer. Il était spectateur de l'existence. Voilà qu'il en est l'acteur. Certaines personnes n'arrivent jamais à faire une telle mutation. Elles demeurent bloquées à un niveau infantile. La vie les déçoit, les rend amères, aigries. C'est le cas de *L'Étranger* de Camus. Il perd sa mère. La vie devient absurde à ses yeux. Il a l'impression que la vie se moque des êtres humains et de leurs souffrances. Il se sent humilié, offensé par l'existence. Le monde n'est pas doux et accueillant comme l'amour d'une mère. Beaucoup de personnes vivent ce traumatisme de l'adulte. Elles parlent comme Cioran de « l'inconvénient d'être né ».

On sort de cette impasse en disant oui à la vie, en s'appropriant ce qu'elle fait vivre. On n'est plus alors dans l'épreuve, mais dans une expérience intérieure. On cesse de subir, quand on dit oui à ce que l'on subit. On supporte. On est passé de la souffrance subie à la souffrance supportée. On sait dire oui à ce qu'on vit, se l'approprier afin d'en faire un événement intérieur. Cela prépare l'avènement de l'accomplissement.

Je vois cette expérience comme celle de finir au sens d'« aller au bout de ». Ce fait de finir me fait penser à l'œuvre d'art. Une œuvre d'art commence à vivre pour son public, quand l'artiste l'achève et sait mettre le mot « fin » sur elle. Imaginons qu'aucune œuvre d'art ne soit finie, il n'y aurait pas d'art. L'art n'existe que par la fin. C'est elle qui permet son début.

Il me semble que la vie humaine correspond au même processus. C'est lorsque quelqu'un est mort que l'on voit s'élever la signification de sa vie. La mort fait rentrer l'existence dans l'esprit. Tant que l'on vit, on peut changer le cours d'une destinée. Quand on est mort, cette possibilité cesse. La destinée peut alors se lever. Comme le dit Malraux, la mort transforme la vie en destin. Le destin ne précède pas la vie. Il la suit. On sent qu'il y a un rapport entre la mort et l'art. La plupart des gens espèrent mourir dignement.

Il y a un mystère de la vieillesse. Après l'entrée dans la réalité et la vie, peu à peu la vie se retire. Après le temps de la montée, de l'ascension, il y a le temps de la descente. Après le temps de l'inspiration, il y a le temps de l'expiration, ce temps permettant à la vie de respirer. Il y a avec le vieillissement une fonction de conservation invisible. L'humanité vit en tant qu'espèce parce que les hommes et les femmes meurent en tant qu'individus. Si personne ne mourait, le monde envahi de vieillards mourrait. La mort nous évite la mort. Elle fait œuvre de vie dans le secret du temps. L'Orient, je pense à la Chine, a le sens de ce retrait créateur. Tout est vu de

façon harmonieuse à partir de la polarité mas-
culin (yang) et féminin (yin). Tout s'équilibre
parce que tout passe par son contraire. L'opposition n'est pas rejetée. Elle est acceptée. Cette
harmonie s'exprime dans la façon dont l'homme
est envisagé. Il est pensé comme un arbre en
équilibre entre ciel et terre. Pas de ciel sans
terre, pas de terre sans ciel. Pas de vie sans mort,
pas de mort sans vie. Cela a amené les Chinois à
intégrer la vulnérabilité comme une qualité. Il y
a un temps pour des intensités fortes ; il y a un
temps pour des intensités faibles. Quand une
force ne s'accompagne pas d'une faiblesse, elle
n'est plus de la force, mais de la violence. La
faiblesse qui ne s'oppose pas à ce qui arrive est
souple. Il s'agit là d'une force inconnue. Il se
passe bien des choses quand on rentre dans le
domaine des intensités faibles. Des choses déli-
cates, imperceptibles. Il se passe surtout une
étrange liberté. Qui veut toujours être fort a
peur inconsciemment de ne pas l'être. Il doute
de lui. Il vit divisé. Il est en état de faiblesse. Il
est rongé de l'intérieur. C'est le cas du chêne
dans la fable de La Fontaine *Le Chêne et le
Roseau*. Il n'aimerait pas être roseau. Penser
qu'il pourrait l'être le panique. Il masque cette
peur panique en faisant étalage de sa force. Le
chêne a beau avoir la force physique, il n'a pas
la force morale. Il ne sait pas composer avec
l'adversité. Il sait heurter les obstacles. Il ne
sait pas les épouser. La vieillesse ressemble au

roseau. Elle n'est pas sans force. Elle expérimente la force qu'il peut y avoir à explorer des
intensités faibles. Dans son *Discours de la
méthode*, Descartes nous donne un sage conseil :
« Plutôt changer ses désirs que l'ordre du
monde. » Ne regrettons pas de ne pas être tout-
puissants. Il importe de vivre sans nostalgie, sans
tristesse. Quand tel est le cas, on devient paradoxalement infini. On ne se limite pas. L'acceptation de nos limites fait que nous cessons de les
subir. Nous ne sommes pas dans des limites,
mais dans le oui. C'est cela l'infini. Nous cessons de nous enfermer en nous-mêmes. La vieillesse est le terrain propice pour vivre ce genre
d'expérience. C'est ce qui donne tant de transparence à des visages d'hommes et de femmes.
Nous pensons que l'infini est lié à l'innombra-
ble. C'est une erreur. L'infini est lié à l'action. Il
se passe quantité de choses entre zéro et un,
quand on sait regarder cet intervalle de façon
créatrice. C'est ce qu'a compris la tortue dans
*Le Lièvre et la Tortue*. Pas besoin d'être un lièvre pour battre un lièvre. Il vaut mieux être une
tortue. Le lièvre a beau être très rapide, il ne sait
pas tirer parti de sa force. La tortue a beau être
lente, elle sait tirer parti de sa lenteur. À quoi
bon être rapide si je n'en fais rien ? Et pourquoi
se lamenter d'être lent si je sais en faire quelque
chose ? On va plus vite en composant un mouvement avec lui-même qu'en se dispersant en
tout sens. La force est affaire de méthode, non

de force. Voilà une belle façon de vieillir. Une
façon sage, comme la sagesse chinoise. Rien ne
nous est contraire quand on n'alimente pas le
conflit. On gagne de précieuses forces en agissant
ainsi. On peut se muscler en faisant des gestes
rapides. On peut aussi se muscler en faisant des
gestes lents. C'est ce que font les Chinois. Ils
savent avoir un côté roseau, un côté tortue.

Mais nous vivons dans un monde désen-
chanté, qui n'est pas prêt à entendre ce genre de
propos. Alors comment faire ? Soyons réalistes.
Il y a des gens qui sont fragiles. La vieillesse les
angoisse. Ils veulent ne pas vieillir et espèrent
que la science va leur fournir la pilule miracle
anti-vieillissement. La quête de l'éternelle jou-
vence est encore très présente dans les esprits.
Denis de Rougemont qui a étudié nos mythes
modernes a raison de souligner que nous
sommes en ce sens très « faustiens ». Notre
monde a remplacé la tradition par la modernité,
les Anciens par les jeunes. Je suis frappé toutefois de constater que notre monde a soif
d'accomplissement personnel. L'intérêt pour les
sagesses orientales le montre. Je ne suis pas
d'accord en ce sens avec Pascal quand, de façon
ultra-pessimiste et janséniste, il compare le
monde à un hôpital de fous. Descartes me paraît
plus sage, quand il nous dit que « le bon sens est
la chose du monde la mieux partagée ». Les
êtres humains ne sont pas méchants. Ils sont
ignorants. Ils ne savent pas. Ils ne savent pas que

tout s'apprend. Vieillir. Mourir. Vivre. En ce
sens, je ne suis pas optimiste, mais réaliste. On
peut apprendre à utiliser son potentiel. Et il est
passionnant de le faire. À tout âge. Il n'est jamais
trop tard pour devenir intelligents.

# Table

*Des mêmes auteurs (bibliographie sélective) :*

**Marie de Hennezel**

*La Sagesse d'une psychologue*, L'œil neuf, 2009.
*La chaleur du cœur empêche nos corps de rouiller*, Robert Laffont, 2008.
*Mourir les yeux ouverts*, Albin Michel, 2005 ; Pocket, 2007.
*Propositions pour une vie digne jusqu'au bout*, Le Seuil, 2004.
*Le Souci de l'autre*, Robert Laffont, 2004 ; Pocket, 2005.
*Nous ne nous sommes pas dit au revoir*, Robert Laffont, 2001 ; Pocket, 2002.
*L'Art de mourir*, avec Jean-Yves Leloup, Robert Laffont, 1997 ; Pocket, 1999.
*La Mort intime*, préface de François Mitterrand, Robert Laffont, 1995 et 2001 ; Pocket, 1997.
*L'Amour ultime*, avec Johanne de Montigny, préface de Louis Vincent Thomas, Hatier, 1991 ; Le Livre de Poche, 1997.

**Bertrand Vergely**

*Retour à l'émerveillement*, Albin Michel, 2010.

*Petite philosophie pour vaincre les jours tristes*, Milan, 2009.

*Comprendre pour aimer la philosophie*, Milan, 2009.

*Montaigne, ou la vie comme chef-d'œuvre*, Milan, collection « Les essentiels Milan », 2009.

*Le Silence de Dieu*, Presses de la Renaissance, 2006.

*Saint Augustin, ou la découverte de l'homme intérieur*, Milan, collection « Les essentiels Milan », 2005.

*Voyage au bout d'une vie*, Bartillat, 2004.

*Petite philosophie du bonheur*, Milan, collection « Les essentiels Milan », 2001.

*La Mort interdite*, J.-C. Lattès, collection « Philosophes dans la cité », 2001.

*Cassirer, la politique du juste*, Michalon, collection « Le bien commun », 1998.

*La Souffrance*, Gallimard, collection « Folio Essais », 1997.

Composition réalisée par FACOMPO (Lisieux)

Achevé d'imprimer en octobre 2011 en France par
**CPI BRODARD ET TAUPIN**
La Flèche (Sarthe)
N° d'impression : 65897
Dépôt légal 1re publication : mai 2011
Édition 02 – octobre 2011
LIBRAIRIE GÉNÉRALE FRANÇAISE
31, rue de Fleurus – 75278 Paris Cedex 06